CONTE *verlag*

Michail Krausnick

# Weißer Bruder, Schwarzer Rock

Historischer Roman

CONTE *libri vitae*

Der Roman erzählt nach autobiographischen Berichten, Briefen und Tagebuchaufzeichnungen das Leben und Wirken des Eduard Raimund Baierlein als Indianermissionar in Michigan um 1848.

Die Gründung einer Chippewa-Gemeinde ereignete sich in einer Zeit deutscher und amerikanischer Geschichte, in der ein friedliches Zusammenleben der Ersteinwohner und der Einwanderer noch möglich schien.

Bibliografische Information der Deutschen Nationalbibliothek
Die Deutsche Nationalbibliothek verzeichnet diese Publikation in der Deutschen Nationalbibliographie; detaillierte bibliografische Daten sind im Internet über http://dnb.d-nb.de abrufbar.

ISBN 978-3-95602-011-7

Das Werk einschließlich aller seiner Teile ist urheberrechtlich geschützt. Jede Verwertung ist ohne Zustimmung des Verlags unzulässig. Dies gilt insbesondere für Vervielfältigungen, Übersetzungen, Mikroverfilmungen und die Einspeicherung und Verarbeitung in elektronischen Systemen.

© Conte Verlag GmbH, 2014
Am Rech 14
66386 St. Ingbert
Tel: (0 68 94) 1 66 41 63
Fax: (0 68 94) 1 66 41 64
E-Mail: info@conte-verlag.de
Verlagsinformationen im Internet unter www.conte-verlag.de

Lektorat: Jessica Philippi
Umschlag & Satz: Markus Dawo
Druck und Bindung: Faber, Mandelbachtal

*Nadowesier, Tschipawäer,*
*Heult den Kriegsruf, werft den Speer!*
*Schüttelt ab die Europäer!*
*Zürnend ihren Missionären*
*Aus den Händen schlagt das Buch;*
*Denn sie wollen euch bekehren,*
*Zahm, gesittet machen, klug!*

FERDINAND FREILIGRATH, 1838

# Donnernde Wasser

»*Teurer Freund, ich schildere dir das Abenteuer meiner Reise in die Neue Welt, so wie ich es auch für Ulrica aufgeschrieben habe.*

*Am 18. April 1847 gingen wir in Bremerhaven an Bord des Dreimasters Hermine und stachen unter dem Kommando von Kapitän Volkmann drei Tage später in See.*

*Wir waren auf dem Mitteldeck untergebracht.*

*Zusammengepfercht wie das Vieh müsste man eigentlich sagen. Rund 250 Menschen hausten für viele Wochen mehr schlecht als recht auf engstem Raum. Ein einziger großer Saal, mit zweistöckigen Kojen. Und doch so niedrig, dass ich den Kopf einziehen musste.*

*Wir Auswanderer versorgten uns selbst. Für die lange Fahrt hatten wir neben dem Gepäck unser Bettzeug dabei, sowie den vorgeschriebenen Vorrat an Zwieback, Bohnen, Erbsen und sonstigem Haltbarem, wie geräuchertem Fisch, gesalzenem Fleisch und Schinken. Doch keiner wusste zu sagen, ob es reichen, wie lange unsere Reise dauern würde. Wären es fünf, sechs oder bei ungünstigem Winde gar zehn Wochen?*

*Begrenzt waren auch die Trinkwasservorräte.*

*Das Gewimmel war beängstigend. Kochen, Essen, Schlafen, Plaudern, Musizieren, Kartenspiel und Krankheit im Bauch des hin und her schwankenden Seglers. Dazwischen die Fang- und Versteckspiele der Kinder, sowie das Gegreine und Geheul der Allerkleinsten. Einer stolperte über den anderen in der nur notdürftig beleuchteten Finsternis.*

*Die Luft war feucht und stickig und stank nach Erbrochenem. Über die sanitären Verhältnisse und darüber, wie wir unsere Notdurft verrichten mussten – kein Wort.«*

Eduard war jung damals. Mitte zwanzig, hochgewachsen, jedoch ein eher schmächtiger Fremdkörper unter den wilden Abenteurergestalten, den derben Arbeitern, den kraftvollen Handwerkern und breitschultrigen Bauerssöhnen, die vor dem Elend der Alten in die Neue Welt geflohen waren. Sie kamen aus den verschiedensten Winkeln Deutschlands und sprachen ihre Mundarten so unverfälscht, dass kaum einer den anderen verstand.

Fast alle jungen Männer trugen Bärte und legten auf Körperpflege nicht den geringsten Wert. Schon in der Wartehalle war Eduard ihren Ausdünstungen ausgesetzt gewesen. Er war der einzige, der ein Rasiermesser bei sich führte. Wenn sie betrunken waren, schimpften sie ihn Gentleman, Schwarzkittel oder Milchgesicht und wollten ihn mehr als einmal zu einer Prügelei aufreizen. Doch gelang es ihm, standhaft zu bleiben. *Wenn sie dir schlagen auf die rechte Wange, so halte auch die linke hin! Amen.*

Man darf sie jedoch nicht allzu schlecht zeichnen. Gerade in Eduards Reisegruppe waren redliche Franken mit Frauen und

Kindern, die ihre Psalmen und Gebetbücher im Gepäck hatten. Die meist jungen, aber armen Menschen folgten einem Aufruf des Pastors Wilhelm Löhe, der vor zwei Jahren die Siedlung *Frankenmuth* gegründet hatte. In der Ebene von Saginaw an den Großen Seen plante er weitere christliche Gemeinden.

Seine Aufgabe sah Löhe darin, in der Neuen Welt Trutzburgen gegen den Unglauben, das Laster und das moderne Sektenwesen zu errichten. In diesem Geiste sollten nach *Frankenmuth* die Gemeinden *Frankentrost, Frankenlust, Frankenstolz* und *Frankenhilf* erstehen. Gedacht war ein Netz kleiner Kolonien, in denen die Einwanderer ein neues und besseres Leben als in der Heimat führen konnten. Sie sollten sich gegenseitig unterstützen, Landwirtschaft, Industrie und Handel entwickeln. Zunächst jedoch mangelte es an Pfarrern, Kirchen und Schulen. Deshalb hatte Löhe an alle Lutheraner appelliert, sein Missionswerk zu unterstützen.

Die deutschen Auswanderer hatten sich freiwillig verpflichtet, in der neuen Heimat eine ausschließlich evangelisch-lutherische Gemeinde zu gründen. Sie sollten und wollten eng beieinander wohnen, fränkische Kleidung tragen, der deutschen Sprache und den fränkischen Bräuchen in Ewigkeit treu bleiben und ihren christlichen Glauben pflegen. Durch solches Vorbild sollte auch den Ersteinwohnern dieses Kontinents gezeigt werden, »wie gut und schön es ist, in Jesu zu sein«.

Denn dies war die ihm zugedachte Aufgabe. Als Sendbote der Mission war Eduard trainiert worden, die Indianer aufzusuchen und ihnen das Wort Gottes zu verkünden. Wie der Apostel es einst aufgetragen hatte: *Gehet hin in alle Welt und lehret allen Völkern …*

Als der Sturm kam, und das Schiff wie eine Nussschale hin und her schaukelte, flog alles durcheinander, Koffer, Kisten, Säcke, Kochgeschirre, Bibeln, Gesangbücher, Musikinstrumente, kleine Kinder und schmutzige Wäsche. Ein jeder suchte an seinem Nächsten Halt, kreischte und schrie. Wer kräftig genug war, der Hölle zu entkommen, versuchte an Deck zu klettern. In großer Angst, von Wind und Wellen über Bord gespült zu werden, hob Eduard die Luke, klammerte sich, bis auf die Haut durchnässt, an ein Tau und war froh, eine Nase frischer Luft zu schnappen.

Gut sechzig Köpfe zählte das elende Häufchen. Die meisten Familien kamen aus Gunzenhausen, Neuendettelsau, Ansbach, Roßtal, Feuchtwangen und dem Altmühltal. Sie wollten ihrer Armut entfliehen und mit Gottes Hilfe in der Neuen Welt ihr Brot finden. Betreut und begleitet wurden sie von dem jungen Pastor Dulitz und dem Kandidaten Philipp Gräbner. Den letzteren hatte Eduard schon in der Missionsgesellschaft getroffen. Philipp war als Pastor für die neue Kolonie vorgesehen.

Zu dritt teilten sie sich die seelsorgerische Betreuung. Pastor Dulitz war vom Kapitän zum obersten Schiffspastor ernannt worden. Er hielt die täglichen Abendandachten, Kandidat Gräbner sprach die Morgengebete und Eduard erklärte den Kindern die Bilder aus der Bibel, erzählte vom Leben des Herrn und erläuterte die Gleichnisse. Von Jonas und dem Wal wollten die Kleinen am liebsten hören, denn auch sie befanden sich ja auf dem endlosen Meer.

An den Wochentagen konnte jeder, der Interesse hatte, von Eduard und Philipp Unterricht im Englischen bekommen. Die meisten lehnten das aber ab, weil sie keine Amerikaner werden, sondern Deutsche bleiben wollten.

Die Kinderschar war gewaltig. Manche Familien hatten fünf bis zehn Sprösslinge dabei – den eigentlichen Grund ihrer Armut. Durch Missernten und Hungersnöte war es immer schwerer geworden, sie in der Heimat auf redliche Art am Leben zu erhalten.

Es waren auch junge Männer und Frauen an Bord, die einfach nur ihrer Knechtschaft entfliehen wollten oder das Abenteuer suchten. Man hatte ja Wunderdinge gehört, wie schnell man es in Amerika zu Reichtum bringen könne. Die armen Schlucker träumten vom gelobten Land, von Wohlstand und Gerechtigkeit. Kaum einer wollte hören, dass ihnen auch in der Neuen Welt keine gebratenen Tauben ins Maul fliegen würden.

Zarteren Gemütern legte sich allerdings nach den ersten Tagen die Angst vor der ungewissen Zukunft zentnerschwer auf das Gemüt. Eduard sah viele vor Heimweh rotgeweinte Augen. So mancher Frau konnte er Trost und Beistand geben.

Schweigend hinnehmen musste Eduard dagegen vieles, was den sittlichen Halt betraf. Wenn er in sternenklarer Nacht an Deck ein Plätzchen suchte, um ungestört von Kindergeschrei seinen Gedanken nachzugehen, war nahezu jedes Eckchen, zumal in den Beibooten, von Verliebten, Verlobten und auch Eheleuten in einer Art belegt, die viel Nachsicht und Verständnis erforderte. Doch die brausende Flut zu seinen Füßen und das blinkende Sternenmeer über seinem Scheitel bedeuteten ihm, dass auch solches des Herrn Wille und wohlgetan war.

In diesem Sinne feierten sie auch bald schon eine erste Hochzeit auf dem Meere, weil zwei junge Liebesleute sich nicht ohne Gottes Segen körperlich vereinigen mochten. Unbedingt wollten die Magd Katharina und der Zimmergeselle Georg getraut werden. In ihrem Heimatort hatten sie lange vergeblich um eine Heiratserlaubnis gekämpft. Um eine Vermehrung der Armut zu verhindern, verboten die königlich bayerischen Behörden vielerorts den armen Menschen die Eheschließung.

Auf hoher See aber herrschen zum Glück andere Gesetze. Herzensjubel erscholl, als Braut und Bräutigam, notdürftig bekränzt und geschmückt, ihre Hände ineinanderlegten. Und am Ende wurde von jüdischen Fiedlern und Klarinettisten aufgespielt und auf den schwanken Bohlen des Schiffs ein richtiger Walzer getanzt. So hatten Eduard und Philipp schließlich vier junge Paare zu trauen, die in ihrer Liebessehnsucht nicht länger warten mochten.

Leider hatten sie auch Tote zu beklagen. Die einseitige Kost, das wenige, dazu noch schlechte Wasser und obendrein die Übelkeit bei hohem Seegang taten das Ihre. Erst suchte die Influenza ihre Opfer, dann die Cholera. Und so mussten sie sieben Verstorbene den Wellen übergeben. Besonders schwer fiel es Eduard, einer jungen Witwe und ihren vier Waisenkindern Trost zu spenden. Unter bitteren Tränen jammerte die Frau, wie sinnlos ihr jahrelanges Darben und Sparen für die Auswanderung geworden sei, da sie jetzt ohne Mann und Beschützer in die Ungewissheit müssten. In ihrer Verzweiflung war sie bei der Bestattung drauf und dran, sich der Leiche ihres Mannes hinterher in die Wogen hinabzustürzen.

Auch einen zwölfjährigen Buben musste Eduard kurz vor der Landung, Amerika bereits in Sichtweite, noch im Meer bestatten. Er war an den Blattern gestorben und Kapitän Volkmann hatte wegen der strengen Seuchenauflagen der amerikanischen Einwanderungsbehörde empfohlen, den Fall nicht öffentlich zu machen. Nie werde er die Tränen der Eltern vergessen, als sie den in Leinen gewickelten Leichnam ihres Kindes über die Reling hoben, schrieb Eduard an seine in der Heimat zurückgebliebene Geliebte.

Sechs sonntägliche Gottesdienste hielten die jungen Geistlichen auf der Überfahrt. Während des großen Unwetters beteten alle gemeinsam und schlossen die Katholischen und die Seeleute nicht aus. Wenn der Sturm tobte und die Gischt über die Planken spritzte, war es selbst hartgesottenen Gemütern doch recht angenehm, sich in Gottes Hand zu wissen. Gemeinsam sangen sie aus voller Kehle gegen die tosenden Wogen und peitschenden Winde: *Eine feste Burg ist unser Gott!*

Trotzdem entging es Eduard nicht, dass einige der rohen Matrosen, aber auch vornehme Kabinengäste vom Oberdeck sich über sein seelsorgerisches Wirken lustig machten und mit lästerlichen Bemerkungen die Andacht störten. Bis ihnen Kapitän Volkmann, der alle Gewalt an Bord hatte, die härteste Bestrafung, ja sogar das Aufhängen am höchsten Mast androhte.

Überhaupt behandelte der Kapitän die geistlichen Steuermänner an Bord sehr zuvorkommend. Zum Nachtessen durften sie sonntags auf dem Oberdeck das reichliche Kapitänsdinner an seinem Tisch genießen. Das war eine angenehme Abwechslung angesichts der mageren Brei-, Kraut- und Bohnenkost, die auf dem Zwischendeck angerichtet wurde. Ein anderes Mal lud er die Pastoren zum Portwein auf die Kommandobrücke. Obgleich ihn die mondhelle Frühlingsnacht mitten auf dem Ozean unendlich erquickte, empfand Eduard diese Bevorzugung insgeheim doch als ein wenig ungerecht.

Endlich aber, zu Beginn der sechsten Woche, erscholl aus dem obersten Mastkorb mit einem Male der Ruf »Land!« Selbst die verhärmtesten Gesichter verklärten sich. Jubel erscholl aus allen Kehlen und endlich sahen auch die mattesten Augen immer deutlicher die prächtigen Gestade vom Neuen York.

Am 1. Juni 1847 gingen sie von Bord. Mit einem beherzten Sprung in das Boot, das sie vom Schiff zum Steg ruderte, wurde der Auswanderer zum Einwanderer.

Amerika!

Warum war ausgerechnet er hier gelandet? Ein wenig fühlte Eduard sich wie Christoph Columbus, der Entdecker der Neuen Welt. Eigentlich hatte ihn seine Missionsgesellschaft nämlich monatelang für das südliche Indien präpariert – doch eine Erkrankung machte einen Strich durch die Rechnung und er bekam einen neuen Auftrag. Und so entdeckte Eduard nicht das Land der Inder, sondern den Kontinent der amerikanischen Erstbewohner, die noch immer fälschlich *Indianer* genannt werden.

An das normale Gehen mussten sie sich erst wieder gewöhnen und schwankten noch tagelang wie die Trunkenbolde. Ihr Gepäck durften sie bis zur Weiterreise auf der *Hermine* lassen, so dass Eduard sich ein wenig die gewaltige Stadt erlaufen konnte.

New York beherbergte damals eine halbe Million Einwohner und täglich wurden es mehr. Jeder Zehnte stammte aus einem deutschsprachigen Land.

Eduard begleitete Philipp auf der Suche nach einem Arzt. Seit zwei Wochen litt sein Freund unter einer schmerzpochenden Wange. Und nach kurzer Suche fanden sie tatsächlich einen deutschen Dentisten, der ihm den Zahn zog. Danach gingen sie zur zentralen Poststation, um Briefe aufzugeben.

Eduard hatte Ulrica auf vier eng beschriebenen Seiten sein Leben und die Zustände an Bord geschildert. Mit besonderem Nachdruck aber versicherte er ihr seine Liebe.

Die Sehnsucht hatte schon jetzt ein gewaltiges Ausmaß angenommen. Hinzu kamen bange Fragen. Gewiss, ihrer Zuneigung war er sich absolut sicher. Doch bei all den Offizieren und Adligen, die ihr in Posen oder Dresden den Hof und allzu schöne Augen machten, hatte er doch gewisse Befürchtungen. Würde ihre Liebe die lange Probezeit, die sich beide mit der Trennung gesetzt hatten, überdauern? Würde sie wirklich auf ihn warten?

Als Philipp fragte, ob er keine Post für seine Familie aufgeben wolle, antwortete Eduard, dass er seit seinem 18. Lebensjahr keine Eltern mehr kenne. Entsetzt sah Philipp ihn an: »Ich ahnte schon lange, dass nicht nur die zurück gebliebene Geliebte, sondern noch eine andere Wunde schmerzt in Ihrem Herzen.«

Eduard senkte den Kopf.

Philipp hatte den Takt, nicht weiter in ihn zu dringen.

Manhattan, insbesondere die Hafengegend, war ein einziges

Sündenbabel. Trotz ihrer dunklen Tracht und der weißen Kragen wurden die jungen Geistlichen immer wieder am Ärmel gezupft. Es handelte sich um sogenannte *Runner*, um zwielichtige Agenten und Türsteher, die sie in sündige Saloons an Spieltische locken oder zu mietbaren Mädchen zerren wollten. Hier hatte, vom Alkohol benebelt, schon so mancher arme Schlucker sein Erspartes verloren, von dem er sich ein Stückchen Amerika kaufen wollte.

Am nächsten Tag stiegen sie auf das Dampfschiff *Knickerbocker* um, das sie in nur zehn Stunden auf dem Hudson-River nordwärts zu den Großen Seen bringen sollte – ein angenehmes Vorbeigleiten an lieblicher Landschaft. Dass es am mittleren Rhein ähnlich aussähe, behauptete ein Auswanderer aus dem Westerwald. Allerdings vermisse er die Burgruinen. Eduard musste schmunzeln …

> *America, du hast es besser*
> *Als unser Continent, der alte,*
> *Hast keine verfallenen Schlösser*
> *Und keine Basalte …*

In Albany mussten sie erneut mit Koffern und Kisten umsteigen. Diesmal erwartete sie die mächtig dampfende Eisenbahn, ein eisernes Ungetüm, wie Eduard es in dieser Größe bisher noch nie gesehen hatte. In rasender Fahrt ging es durch unendliche Wälder, vorbei an romantischen Felspartien, aber auch an mancher gepflegten Ortschaft mit prächtigen neu erbauten Villen.

*Niagara – die donnernden Wasser*

In Buffalo, am Ufer des Erie-Sees, trennte Eduard sich für eine Weile von seiner Gruppe. Unbedingt wollte er eines der größten Naturwunder unserer Erde bestaunen: die weltberühmten Niagara-Fälle. Eine ungeheure Wassermasse, mehrere hundert Fuß breit, stürzt sich hier unter ohrenbetäubendem Getöse senkrecht in die Tiefe. Die Indianer hatten sie zu Recht in ihrer Sprache *Niagara* getauft: die »donnernden Wasser«.

Eduard wagte es, seitlich auf einem unbefestigten Stufenpfad hinabzusteigen. Dort gibt es einen vorspringenden Felsen, den man, nicht ganz gefahrlos wegen des glitschigen Gesteins, wie eine Kanzel betreten kann. Rutscht man ab, so wird man von dem gewaltigen Wasser zerschmettert und in den Abgrund gerissen. Doch bei gebotener Vorsicht lohnt sich das Wagnis. Und endlich stand er geschützt durch den Vorsprung direkt zwischen dem Felsen und der tosenden Wasserwand. Der Niagara stürzte im hohen Bogen über ihn hinweg, sein regnerischer Dunst durchsprühte alle Kleider. Und doch war dies, fern von allen Menschen, einer der gewaltigsten Momente seines Lebens.

Genau davon hatte er schon vor einem Jahrzehnt als Jüngling geträumt, als er, dem Elternhaus entflohen, an der belgischen Küste stand und sich verzweifelt in die Neue Welt hinübersehnte…

Niagara! Jetzt endlich war die Nabelschnur zur Alten Welt zerrissen. Eduard fühlte sich neu geboren. Und plötzlich erstand rings um seine Füße im aufsteigenden Dunst ein vielfarbiger Regenbogen, dass er im törichten Überschwang nicht anders konnte, sein nasses Hemd aufriss und den eiskalten Felsen umarmte, als wäre er seine Verlobte. Hierhin, so schwor er sich, hierhin würde er Ulrica führen, wenn ihre Liebe die Probe bestand, hier, unter tosenden Wassern sollte sie endgültig die Seine werden. Und Gott würde ein Auge zudrücken.

Erst als Eduard wieder zu der Aussichtsplattform hochgestiegen war, merkte er, dass er sich an dem Felsen den Oberkörper blutig gescheuert hatte. Ein englischer Oberst, der mit seiner Familie ebenfalls das Naturwunder bestaunte, sah ihn befremdet an, hatte aber ein gutes Herz und genügend Whisky bei sich, um die Marterwunden fürs Erste zu versorgen.

Zwei Tage später schloss Eduard – zu seiner großen Verwunderung – in Buffalo wieder zu seiner Reisegruppe auf. Eigentlich hätte sie längst schon mit dem Dampfschiff über den Erie-See und in Detroit sein müssen. Die braven Franken aber hockten noch immer am Hafen, hatten unter freiem Himmel die Nacht verbracht und waren in hellster Aufregung.

Empört erzählten seine Bibelstundenkinder den Hergang. Der Kapitän habe sich geweigert, die in New York gelösten Tickets anzuerkennen, und behauptet, ihr Gepäck habe ein zu hohes Gewicht. Das koste Aufschlag. Für das gezahlte Geld könne er sie höchstens bis Toledo mitnehmen. Die meisten Einwanderer zahlten daraufhin in ihrer Not die geforderten Aufschläge. Sie sprachen kein Englisch und ließen sich von den kräftigen Matrosen und Revolvermännern einschüchtern.

Doch Philipp Gräbner beruhigte, mahnte seine Franken zur Ruhe und weigerte sich standhaft, auch nur einen Cent mehr zu zahlen. Daraufhin erklärte der Kapitän alles Gepäck, das bereits an Bord war, für beschlagnahmt und wollte es nicht mehr herausrücken. Ein Revolvermann gab dazu drei Schüsse in die Luft ab. Woraufhin Pastor Gräbner den Kapitän einen Gangster und Erpresser nannte und dafür fast verprügelt worden wäre. Zum Glück aber kannte Philipp den Namen eines berühmten

Advokaten in Buffalo: Mr. Jonathan Tailor. Das war das Zauberwort. Kaum ausgesprochen, ließ der Kapitän vor Schreck sämtliches Gepäck wieder vom Schiff heruntertragen, an der Kaimauer auftürmen und setzte schleunigst seine Maschinen in Gang.

Wie sich später herausstellte, handelte es sich um eine der üblichen Schurkereien, mit denen damals so mancher Neuankömmling erpresst und bettelarm gemacht wurde. Der ständig zunehmende Ansturm der Einwanderer machte solche und andere Gaunereien möglich.

Am Ende stand unser gutgläubiger Einwanderer dann nicht als freier Mann auf freiem Grund, sondern musste erst einmal wie ein Sklave als Kohlenschaufler oder Fabrikarbeiter seine Reiseschulden abarbeiten. *Amerika, du hast es besser!*

Der Agent der Erie-Schifffahrtsgesellschaft heuchelte Entsetzen über den Vorfall und entschuldigte sich. Und die Franken nahmen das nächste Schiff.

Nach der Dampfschifffahrt über den Eriesee landeten sie wie geplant in Detroit. Dort hatten die Einwanderer Zeit zum Stadtbummel, aber auch zu einem ersten größeren Streit. Einige Jünglinge und Mädchen hatten sich auf dem Markt, wegen der Hitze und weil sie es bei den dort ansässigen Deutschen so gesehen hatten, breitkrempige Strohhüte zum Schutz gegen die sengende Sonne gekauft. Die Alten aber schimpften und forderten ihre Kinder auf, diese sofort wieder den Händlern zurückzubringen. Manchen Vater sah Eduard zürnen, manche Mutter weinen. Sie befürchteten nämlich, die jungen

Menschen wollten sich zuchtlos wie amerikanische Städter einkleiden und ihre fränkische Tracht, die dunklen Kopftücher und sonntags gar die Bänderhauben aufgeben. Am Ende sahen die frommen Franken durch solchen Frevel nicht nur uraltes Brauchtum, sondern auch ihren Glauben in höchster Gefahr. Eduard jedoch versuchte, den Streit zu schlichten, indem er auf den unbestreitbaren Nutzen eines Sonnenschutzes hinwies, den Mädchen aber anempfahl, unter dem Hut weiterhin ihr Kopftuch zu tragen.

Von Detroit aus fuhren sie auf gemieteten Ochsengespannen quer durch das endlos erscheinende Land. Auch hier war der Fahrpreis willkürlich erhöht worden. Daher entschlossen sich die Männer, zu Fuß nebenher zu marschieren, während die Alten, die Frauen und Kinder mit dem Gepäck auf den Planwagen saßen.

1847, bei seiner Ankunft, glich der Staat Michigan noch einem einzigen großen Urwald.

Nur hier und da gab es gerodete Lichtungen, auf denen die ersten Siedler dürftige Hütten und Blockhäuser errichtet hatten.

Auch Eduard war enttäuscht, als sie nach langem Fußmarsch endlich *Saginaw-City* erreichten. Manch einer humpelte nur noch, fast jeder hatte Blasen an den Füßen. Viele Straßen waren nur auf dem Papier vorhanden und an Bäumen markiert. Ein rechtwinklig gezirkeltes Netz von Wegen und Pfaden. Nur hier und da stand bereits ein Haus in der Einöde.

Immerhin fanden sie zwei Kaufläden, die nahezu alles anboten, was Einwanderer in dieser Gegend nötig haben: Äxte, Spaten,

Pflüge und Sensen, Gewehre mit Pulver und Blei, fertige Türen, Fensterflügel, Hammer, Nägel und allerlei Werkzeug zum Hausbau, wollene und baumwollene Stoffe, Stiefel, Mützen und Mäntel, Salzfleisch, gedörrten Fisch, Tee, Kaffee, Zucker, Honig, Weizenmehl und Mais. Nur das Geld, das so viel Unheil unter den Menschen anrichtet, schien an diesem Ort noch nicht erfunden zu sein. Wer etwas haben wollte, wurde erzählt, brachte eigene Ware zum Tausch und erhielt, was er verlangte: der Farmer für seinen Weizen, der Indianer für seine Felle. Wer aber zurzeit nichts hatte, bekam trotzdem alles, was er brauchte. Der Kaufmann kannte seine Kunden und schrieb guten Glaubens an. Denn der Urwald ist ehrlicher als die Wildnis der Städte.

Zu Eduards Freude gab es bereits eine Poststation in Saginaw, die letzte vom Süden her, das einzige Band, das ihn für lange Zeit mit Ulrica verbinden sollte. Er gab einen zweiten glühenden Brief an die Geliebte auf, in der Hoffnung, dass sie ihn bald, nach sechs oder acht Wochen, in ihren zarten Händen halten möge.

Endlich, nach insgesamt vier Tagen und Nächten, erreichten die deutschen Einwanderer am 10. Juni kurz vor Sonnenuntergang Frankenmuth und wurden von der St. Lorenz-Gemeinde freundlich aufgenommen.

Viele waren von der Dürftigkeit der Ortschaft und den windschiefen Holzhütten geradezu enttäuscht. Schon in Saginaw schimpfte einer der jungen Siedler, im Vergleich hierzu bestehe ja das elendigste Dorf im Frankenlande aus Parks und Palästen. Eduard freilich hatte seine Reiseführer gründlich gelesen und es nicht besser erwartet.

Die erschöpften Frauen und Kinder blieben nun erst einmal in Frankenmuth, während die Männer sich aufmachten, um zehn Kilometer nördlich ihr Frankentrost zu gründen.

Da sein künftiger Vorgesetzter, Pastor Friedrich August Craemer, zur Missouri-Synode nach Chicago gefahren war, hatte Eduard Zeit, Philipp und die anderen Männer zu begleiten und ihrer Landnahme zuzuschauen.

Auf einer in den Wald geschlagenen Lichtung stand, bewacht von den blauen Soldaten aus Washington, ein großes Militärzelt: das Land Office. Davor saßen an Klapptischen die Regierungsbeamten. Im Sommer wurden die Grundbücher unter freiem Himmel geführt. Die Beamten teilten den Kolonisten das Land zu, gaben Urkunde mit Stempel und Unterschrift und kassierten dafür das daheim so bitter Ersparte ein. Und doch erschollen Jauchzer und Jubelschreie. Eigenes Land! Eigenes Land, das ihnen selbst und keinem Gutsherrn oder Grafen gehörte! Wenig später rannten die frischgebackenen Grundbesitzer zu ihren Parzellen und steckten mit Pflöcken das erworbene Terrain ab. Ein jeder hatte eine Maßschnur dabei und vermaß mehr als einmal seinen ersten eigenen Grund und Boden. Doch dann ging es auch schon ans Bäumefällen und den Bau der ersten Hüttendächer für die Nacht. Philipp, der von Löhe zum ersten Pastor der neuen Gemeinde auserkoren war, hatte sechsundfünfzig Morgen für das Gotteshaus und die Schule gekauft.

Ein alter Indianer vom Volk der Chippewa schaute mit unbeweglicher Miene dem geschäftigen Treiben zu. Im Schneidersitz hockte er bei den Beamten und zog den Rauch aus einer langen Pfeife. Seine Gesichtshaut war rötlichbraun, wie gegerbtes Leder, und von zahllosen Falten durchzogen. Was mochte er denken? Dass eben hier jahrhundertelang die Jagdgründe seines Stammes gewesen waren? Oder dachte er wehmutsvoll an die bereits nach Westen und Norden vertriebenen Familien seines Volkes?

Eduard hatte während der Missionarsausbildung in einschlägigen Reiseberichten gelesen, dass den Indianern der Gedanke fremd war, Land zu verkaufen und zu erwerben. Es gehöre doch alles einzig und allein ihrem obersten Gotte Kitschimanito und stehe – ebenso wie Feuer, Luft und Wasser – allen Menschen, Tieren und Pflanzen nur für ihre Lebenszeit zur Verfügung. War dies vielleicht der Grund für seine Seelenruhe?

Unwillkürlich musste er an den Vers seines Lieblingsdichters denken:

*Wir sind nur Gast auf Erden*
*Und wandern ohne Ruh*
*Durch Mühsal und Beschwerden*
*Der ewigen Heimat zu!*

Gern hätte er gewusst, ob der alte Mann ihre Landnahme für Gotteslästerung und Frevel oder bloß für Nonsens hielt. Aber noch beherrsche Eduard seine Sprache ja nicht.

Am Abend saßen alle am Lagerfeuer. Die jungen Männer wischten sich den Schweiß von der Stirn und ließen eine Flasche Branntwein im Kreis herum gehen. Sie lobten die neue Freiheit. Hier sei Land für alle in Hülle und Fülle. Und jeder habe das gleiche Recht. Nicht wie in Franken, wo alles nur dem

*Eduard Raimund Baierlein um 1848*

König von Bayern, den Fürsten und dem Adelspack gehöre. Bei dem Wort Adelspack musste Eduard schlucken. Immer noch.

Auch ein paar Händler aus Saginaw-City waren gekommen und hatten ihre Zelte errichtet. Sie hatten bereits gute Geschäfte mit Spaten, Sägen, Messern und Äxten gemacht. Jetzt gab es Tabak, Bier, Limonade und sogar fränkisch gewürzte Würste zu kaufen. Den Schnaps und manche Dummheit gab es gratis dazu.

Die Händler erzählten von Klapperschlangen, gewaltigen Bären und hungrigen Wölfen. Vor allem aber von blutrünstigen Indianern, die es auf ihre Kopfhäute und alle weißen Frauen abgesehen hätten. Für alles hatten sie eine gräuliche Geschichte. Mit all dem wollten sie natürlich Revolver, Gewehre und Munition an die jungen Männer verkaufen.

Philipp und Eduard setzten tapfer dagegen. Doch als Eduard sagte, dass er als Assistent von Pastor Craemer in besonderer Mission beauftragt sei, auch den Indianern Gottes Wort und die Botschaft des Friedens zu predigen, erhob sich ein tosendes Gelächter unter den Händlern.

»Predigen? Missionieren? Die dreckigen Rothäute saufen und huren schlimmer als die Nigger. Das lässt sich nicht wegmissionieren!«

Und einer, den sie Dreifinger-Fritz nannten, tat sich in besonderer Weise hervor. »Die Indianer sind reißende Tiere! Glaub mir, ich habe es selbst erlebt!« Dabei streckte er Eduard seine Hand entgegen, an der zwei Finger fehlten.

Sie seien romantische Spinner. Hätten wohl zu viel *Lederstrumpf* gelesen. Den edlen Wilden gäbe es nur in Büchern. Dreckig wäre der Indianer, eine Landplage. Verfilzt und verlaust, und wie ein Coyote würde er stinken.

»Indianerpfaffen brauchen wir nicht. Wart ab, du Milchgesicht, bis du am Marterpfahl stehst. Oder in der Suppe siedest!«

Leider stimmten nun, vom Alkohol benebelt, auch ein paar ihrer fränkischen Brüder mit in das Gelächter ein.

»Prost! Prost! Frankentrost!«, hieß es ein um das andere Mal. Anderen war es jedoch zu dumm geworden. Gemeinsam mit Pastor Gräbner zogen sie sich vom Feuer zurück. Auch Eduard wollte sich erheben, doch ein starker Arm hielt ihn fest. Ein amerikanischer Offizier war an den Baumstumpf, der als Tisch diente, getreten. Er schnallte seinen Gürtel ab, legte Pistolen und Patronen darauf und schob sie ihm grinsend zu.

»Hier, Pfaffe. Das tausche ich dir gegen dein Gesangbuch.

Das einzige Argument, mit dem du eine stinkende Rothaut wirklich überzeugen und bekehren kannst. Nur ein toter Indianer ist ein guter Indianer!«

Verächtlich spuckte er ins Feuer, dass es zischte. Plötzlich war es totenstill geworden. Eduard spürte, wie ihm die Zornesröte ins Gesicht schoss. Ob das im Flammenschein wirklich zu erkennen war, wusste er nicht, doch schon brüllte einer der Händler: »Seht mal, wie rot unser Greenhorn mit einem Mal geworden ist! Zum Teufel: Eine richtige gottverdammte Rothaut ist er!«

Keiner lachte mit. Alle starrten auf den jungen Missionar, der sich langsam erhob. Eduard war fassungslos, sein Kopf wie leer, die Kehle ausgetrocknet. Irgendetwas musste ihm einfallen. Endlich nahm er die Pistole und hielt sie, wie in alten Tagen beim Scheibenschießen im Schlosspark, dem Soldaten entgegen. Der starrte ihn mit glasigen Augen an. Und mit einem Mal hörte er sich reden:

»Wenn ich auf diese Weise einen Heiden bekehren müsste, wärest du der erste. Aber ich glaube an Gott, den Schöpfer des Himmels und der Erden, und an sein Ebenbild in einem jeden Menschen – auch in dir. Deshalb gehe ich jetzt und werde für dich beten!«

Damit schob er dem Offizier die Pistole wieder zu.

Das war ein starker Abgang vor der trunkenen Horde. Es war ihm gelungen, sie kleinlaut zu machen. Doch der Gottesfriede war nur vorgetäuscht, seine Ruhe nur scheinbar. Die Wut schäumte weiter.

Im Vorübergehen hörte Eduard, dass Philipp beruhigend auf seine fränkischen Männer einsprach. War das wirklich seine pastorale Aufgabe, dachte er, derartige Schafsböcke im Zaum zu halten?

Nur wenige Schritte waren es bis zum Flussufer. Eduard atmete tief durch, ging in die Hocke und ließ wie in Kindertagen ein paar flache Kiesel hüpfend über das Wasser gleiten.

Vielleicht hätte er eine andere Antwort geben müssen? Christlicher. Ohne den Colt zu berühren. Andererseits hatte es Eindruck gemacht.

»Pardon, Monsieur, Sie dürfen es ihnen nicht übel nehmen«, hörte er plötzlich eine Stimme in seinem Rücken. »Das Feuerwasser macht sie schlechter als sie sind.«

Eduard wandte sich um und sah einen Mann, der wie ein Trapper gekleidet war und aus einer langen Indianerpfeife rauchte.

»Wer bist du?«

»Kein Besonderer. Meine Freunde nennen mich *Feind des Ischkudäwabu*!«

Der Mann, der Eduard auf Französisch angeredet hatte und ihm die nächsten Tage wie ein Schatten folgen sollte, sagte, dass er ihm eine Geschichte erzählen müsse: die Geschichte des Mannes, der ihn so übel beschimpft hatte. Dreifinger-Fritz wäre kein Opfer der Indianer, sondern der Liebe und des Alkohols. Jeder wisse das. Als er in Saginaw ankam, habe er sich gleich in ein vierzehnjähriges Chippewa-Mädchen verguckt, ihr schöne Augen gemacht und Geschenke gebracht.

»Friedrich war verdammt jung und sie wurde seine erste Frau. Eine Zeitlang lebten sie als Paar. Aber irgendwann wollte sie wieder zu ihrem Stamm zurück. In der Nacht, als sie ihn verließ, hat er sich sinnlos betrunken und in seiner Werkstatt alles zersägt und zerhackt, was ihm in den Weg kam. Auch seine Hand. Jetzt gibt er der verschwundenen Geliebten die Schuld und behauptet, seine Squaw habe zwei Finger seiner Hand mitgenommen. Im Rausch glaubt er so fest daran, dass ihm keiner widersprechen mag. Doch wenn er nüchtern ist, spricht er sie heilig. Ich glaube, sie ist noch immer die Königin seines Herzens.«

Nachdem er geendet hatte, nahm er einen tiefen Zug aus seiner Pfeife und blies Rauchringe in die Luft. Gegen den Abendhimmel war sein Profil das eines Indianers, doch trug er einen Kinn- und Lippenbart nach französischer Art. Und ebenso plötzlich, wie er gekommen war, war er wieder verschwunden.

Wer war dieser seltsame Mann? Was wollte er von ihm?

Als das Gelächter und Gegröle allmählich verstummt und das Feuer erloschen war, kehrte Eduard zum Lagerplatz zurück, hüllte sich in eine Decke und legte sich zu den anderen Siedlern auf die ausgelegten Zeltplanen. Noch immer war sein Zorn nicht verraucht.

Eduard wusste, dass er sich an diesem Abend keine Freunde unter den Händlern gemacht hatte, ahnte aber nicht, wie erbittert ihre Feindschaft noch werden sollte.

# Wer zur Quelle will

»*Endlich, Mitte Oktober, war es soweit! Endlich durfte ich Frankenmuth verlassen und in den Urwald. Mein Herz jubelte. Ein Jugendtraum näherte sich seiner Erfüllung. Endlich würde ich es kennen lernen: das geheimnisvolle Volk im gottgewollten Naturzustand, rein und unberührt von der Zivilisation. Ich musste mich sputen, denn zu dieser Zeit pflegten die Indianer ihre Feuerstellen zu verlassen, um in ihren Jagdgründen dem Wild nachzuspüren. Bald wären nur noch die Alten, die Frauen und die kleinen Kinder in den Wigwams anzutreffen.*«

»Abschied der Sonne« nennt man in diesem Erdteil die vielleicht schönsten Wochen des Jahres. Die niedrig stehende Sonne illuminierte die Welt. Der Himmel zeigte sein hellstes Blau, nur hin und wieder waren kleine Wolken wie weiße Watte hineingetupft. Die Wälder aber waren zu einem wahren Farbenmeer geworden, die Bäume trugen ihr schönstes Gewand, die Blätter prunkten in einer Pracht, die Eduard an die herrschaftlichen Landschaftsparks der Heimat erinnerte. Leuchtendes Gelb, zitronen- und orangefarben, gleißendes Gold, feuriges

Rot, das Grün der Fichten und Farne sowie das schimmernde Weiß der Birkenborke wetteifern zum Ruhme der Schöpfung. Diese einzigartigen Farbspiele sind an den großen Seen als *Indian Summer* bekannt. Dazu riecht es nach modriger Erde, mürbem Holz, absterbenden Blättern, süß faulenden Früchten, Beeren, feuchtem Moos und Pilzen – ein betörender Duft, den Eduard schon in Kindertagen liebte, als seine Nase dem Boden noch näher war.

»Der Weg des Menschen folge den Flüssen!«, hatte Häuptling Bemassikeh geraten. Trotzdem hatte Eduard eine Landkarte dabei, die freilich wenig half.

Zum Glück leitete ihn ein kundiger Führer. Neben ihm ritt auf einem schwarzen Kanadierpferd James C., sein Dolmetscher. Er war an die vierzig Jahre alt, von gedrungener Gestalt und dunkelroter Gesichtsfarbe – ein Halbindianer. Von ihm wird noch zu erzählen sein.

Zunächst ritten sie in nordwestlicher Richtung am Saginawfluss hinauf, dann weiter den Titipiwassi entlang. An diesem Flusse lagen, weit voneinander entfernt, noch vier einzelne Blockhäuser.

Allmählich begann aus dem Ritt eine Expedition zu werden, die Reise in eine andere Welt, in ein anderes Zeitalter. War es dem seiner germanischen Vorväter vergleichbar?

Nach dreißig Kilometern erreichten die beiden Reiter die Mündung des Chippewaflusses. Hier stand ein letztes Haus vor der Wildnis. Bei freundlichen Bewohnern fanden sie Obdach für die Nacht.

Bald jedoch hörten alle Wege auf.

Am nächsten Morgen ging es weiter nach Westen. Sie fanden eine Stelle, an der sich der Chippewa durchreiten ließ. Ein märchenhaftes Bild bot sich ihren Augen: zwei Reiter auf edlen Pferden, die sich mit dem Himmelblau und der Farbenpracht des Waldes im still gleitenden Fluss spiegelten. Eduard hielt inne, mochte das Gemälde nicht zerstören.

Dann aber doch. Bis zum Sattel hinauf spritzte das Wasser. Mit durchnässten Hosen erreichten beide das andere Ufer. Nach einer Weile führte sie der zufließende Pine River direkt in jene Welt, in der die Zeit stehengeblieben war. Indianerland!

Am linken Ufer konnte ein geübtes Auge etwas von einem Pfad unter der Laubdecke erkennen, der jedoch wieder verschwand, sobald der Boden felsiger wurde oder Bäume darüber gestürzt waren. Kein Fremdling hätte es gewagt, solch einem Pfad zu folgen. Doch der Indianer kannte sich aus in den Wäldern wie der Bürgersmann in den Winkeln seiner Vaterstadt.

Es sollte ein schicksalhafter Ritt werden, ein Ritt, der über seinen Lebensweg entscheiden würde.

Eduard war jung, noch keine Dreißig, und hatte den Drang, etwas zu verändern in der Welt. Vor allem aber wollte er nicht im Alltag einer Auswanderergemeinde versauern.

Pastor Craemer hatte ihm gleich nach der Ankunft einen Schlafplatz im Pfarrhaus angeboten und bald gehörte Eduard mit zur Familie. Gemeinsam mit dem Küster und Gästen, die auf der Durchreise waren, nächtigte er unter dem hüfthohen Dach der Blockhütte auf Heu und auf Stroh. Nur mit einer Leiter kam man hinauf.

*Friedrich August Craemer.*

Unten war das Pfarrhaus in zwei Räume geteilt. Der eine diente dem Pastor und seiner Frau als Wohnung. Der andere Raum war Kirche und Schule. Aber des Nachts auch die Schlafstätte für Abraham, einen getauften Indianer, zwei indianische Waisenkinder und den Schulmeister. Von diesem Raum erlaubte ihm Pastor Craemer, mit einer Bretterwand eine winzige Zelle abzugrenzen, in der er wenigstens bisweilen Ruhe für seine Sprachstudien und die Vorbereitung der Predigt fand.

Für das leibliche Wohl sorgte die Pfarrfrau. Als Craemer Dorothea zum ersten Mal vorstellte, erstarrte Eduard. Der Pastor hatte Philipp und ihm bereits erzählt, unter welch dramatischen Umständen er seine Gefährtin im Jahre 1845 kennengelernt hatte:

»Auf dem Schiff. Unter den Auswanderern. Die Überfahrt war abscheulich. Wir hatten die Cholera und das schrecklichste Fieber an Bord. Ich drückte den Verstorbenen die Augen zu und hielt eine Leichenrede nach der anderen. In dem finstern Lazarett im Bauch der Bark gab es nur einen einzigen Lichtblick: ein blutjunges Mädchen, das sich Tag und Nacht um die Kranken kümmerte. Sie betreute die Körper – ich die Seelen. So eine Frau konnte ich brauchen für den Aufbau von Frankenmuth. Da musste ich zugreifen. Nur leider gehörte sie einer anderen Reisegruppe an, die nach Pennsylvanien wollte. Aber die Liebe ist eine Himmelsmacht und brachte alles ins rechte Lot. Der Kapitän hat uns auf hoher See getraut. Dagegen konnte ihre Familie nichts ausrichten. Und auch der reformierte Herr Pfarrer nicht. Ich habe sie ihm einfach weggeschnappt.«

Er lachte.

Dorothea, die den Tee brachte, wirkte trotz der geschilderten Tatkraft zart und zerbrechlich. Ein winziger Haarknoten im Nacken sollte ihr einen Hauch von Würde verleihen. Doch schon fiel eine Locke in die Stirn und von ihrem Lächeln ging ein Zauber aus, der alle Erdenschwere vergessen ließ. Zu Eduards Befremden nannte Craemer seine engelhaft schöne Frau ganz prosaisch »Dorle«.

Dorothea durchschwebte das raue Pionierleben wie eine überirdische Erscheinung. Als sie Philipp und Eduard englischen Tee servierte und Kekse aus einer chinesischen Dose reichte, fühlten sie sich nicht mehr in einer zugigen und verräucherten Blockhütte mit lehmgestampften Boden, sondern wie auf dem glänzenden Parkett eines Salons im Berliner Schlossviertel.

Auf Anhieb verstanden sie sich. Dorothea hatte einen Humor, der ihre Seelen sogleich im Gleichklang schwingen ließ. Und wenn Eduard Ulrica nicht so fest im Herzen gehabt hätte, wäre er womöglich – zumindest in Gedanken – mit dem Gebote in Konflikt geraten, das da lautet: *Du sollst nicht begehren deines Nächsten Weib!*

Mit Dorothea konnte Eduard aufrichtig über die Seelenpein seiner Jugend sprechen. Zunächst allerdings suchte er ihren Fragen noch auszuweichen.

»Etwas stimmt nicht mit Ihnen, Eduard. Warum verziehen Sie so verachtungsvoll den Mund, wenn ich nach Ihrem Vater frage?«

»Ich habe keinen Vater.«

»Jeder hat einen Vater.«

»Gott ist mein Vater.«

»Und ihre Mutter?«

»Die Jungfrau Maria ist meine Mutter.«

»Das klingt katholisch.«

»Ich bin katholisch …«

Erstaunt schaute Dorothea zu ihm hoch: »Nein, nein, Herr Missionar, Sie sind Lutheraner …«

»Gewiss … aber …«, hustete und ergänzte Eduard, »…katholisch erzogen.«

Während des Gesprächs befanden sie sich im Garten des Pfarrhauses und waren, jeder mit einer Kanne, beim Gießen der Bohnen und Tomaten.

»Wirklich katholisch? Ein Papist?«

»Noch schlimmer. Katholisch wie Martinus Luther.«

»Und … warum sind Sie abgefallen vom rechten Glauben?«

»Das hat schwerwiegende Gründe. Ich möchte nicht darüber sprechen.«

So etwa ihr erstes Gespräch über seine Seelenwunde, das bittere Geheimnis, das ihn aus dem Elternhaus getrieben hatte. Doch Neugier ist die Tugend des Weibes. Dorotheas Fragen wurden mit der Zeit immer bohrender.

Manches kreist einem durch den Kopf, wenn man durch die Wildnis reitet.

Nahezu undurchdringlich erschien ihm der Wald. Vor allem überraschte die Stille. Eigentlich hatte sich Eduard alles ganz anders vorgestellt. Laut und geräuschvoll, voller Vögel und wilder Tiere. Doch hier waren nur der Hufschlag und das Schnauben der Pferde, das Scharren im Laub, das Knacken der Zweige und das eigene Luftholen zu vernehmen. Von Rehen, Hasen oder Hirschen kein Laut. Nicht einmal Eichhörnchen huschten über den Weg. Hin und wieder taumelte ein rot-grün-blondes Eichenblatt zu Boden.

*Please come to us and tell my people the truth!* Die Worte des Häuptlings gingen ihm nicht aus dem Kopf. »Bitte komm zu uns und verkünde meinem Volke die Wahrheit!«

Einen Monat nach der Ankunft war Eduard dem außergewöhnlichen Mann in Frankenmuth das erste Mal begegnet. Mit seinen langen tiefschwarzen Haaren sah er fast so aus wie der Jesus in seiner Bilderbibel. Nur etwas älter. Aber du sollst dir kein Bildnis machen. Nahezu jedes Mal, wenn Eduard ihm gegenüberstand, ertappte er sich bei dem Frevel.

Seine Predigt schien *Chief Bemassikeh* gefallen zu haben.

Eduard hatte sie unter das neunte Gebot gestellt: *Du sollst nicht falsch Zeugnis reden wider deinen Nächsten!* Und hatte damit auch die Verleumdungen gewisser Händler und Zeitungsschreiber angeprangert. Die Hetze gegen die Indianer nämlich hatte in erschreckendem Maße zugenommen. Auch in den Gazetten. Es war wie eine Kriegsvorbereitung.

»Mit Lügen beginnt es, mit Mord und Totschlag endet es!«, beschloss Eduard seine Predigt. »Unser Schöpfer und Herr aber ist kein Gott der Hautfarbe, sondern unser aller Vater. Vor allem jedoch ist er ein Fürst des Friedens. Und er gebietet: Liebe deinen Nächsten wie dich selbst!«

Viele Frankenmuther machten bedenkliche Gesichter. Er würde ja reden wie eine Rothaut, meinte ein Schreinergeselle. »Nehmen Sie sich in Acht, Herr Missionar. Es gibt schon manches Murren. In Saginaw sagt man sogar, Sie würden die Rothäute gegen die Siedler aufwiegeln!«

Die anwesenden Indianer und Halbindianer dagegen waren einverstanden mit seinen Worten. Vor der Kirchentür drückte ihm Häuptling Bemassikeh die Hand. »Wenn du wirklich die Wahrheit und das Licht zu uns bringen willst, gibt es nur einen Weg. Du musst zu uns in die Wälder kommen und mit uns leben, damit wir sehen, ob du es ernst meinst! Aber du kommst ja nicht.«

Bemassikeh sagte das mit einem wehmütigen Lächeln, in dem ein sanfter Spott lag. Als Eduard Pastor Craemer von der Begegnung erzählte, meinte er: »Nimm dich in Acht, Eduard! Ich glaube nicht, dass das als eine wirkliche Einladung zu verstehen ist. Das Misstrauen der Indianer ist groß. Wir Weißen haben sie zu oft belogen.«

Zehn Stunden dauerte der Ritt. Nur selten wechselten sie ein Wort. Meistens war es sein Dolmetscher, der pausenlos vor sich hin plapperte. Als sie zu Beginn ihrer Reise die Pferde sattelten, hatte er eine Unterhaltung begonnen: »Ich muss dich warnen, Schwarzer Rock. Du bist nicht nur ein frommer, sondern trotz deiner Käsehaut auch ein recht ansehnlicher Mann.«

Eduard wusste nicht, was das sollte, schwieg und schwang sich auf sein Pferd.

Später, nach stundenlangem Ritt durch das Präriegras setzte sein Begleiter den Monolog fort: »Ich fürchte, du wirst den Chippewa-Mädchen nur allzu gut gefallen. So wie mein Vater meiner Mutter gefiel.«

Etliche Meilen weiter, im Urwald, ließ er einen gedehnten Pfiff ertönen, stoppte sein Pferd, ließ Eduard heranreiten und sah ihn bedeutungsvoll an. »Du wirst staunen, Schwarzer Rock. Bemassikeh hat eine *very belle* ... Tochter.«

James, so hieß sein Begleiter und Dolmetscher, sprach neben *Ojibwa*, der Sprache der Chippewa-Indianer, ein leidliches Englisch und das kanadische Französisch. Beide Sprachen vermischte er zu einem merkwürdigen Kauderwelsch, das Eduard immer neue Rätsel aufgab. Doch war er auf ihn angewiesen in seiner Mission. Und mehr als einmal würde sein Leben künftig noch in seiner Hand liegen.

Bisweilen hatte Eduard das Gefühl, dass James sich einen Spaß daraus machte, ihn als Greenhorn vorzuführen. Vor allem, wenn es um sein Lieblingsthema ging. »Eine wunderschöne Witwe. Erst siebzehn Winter alt und *very prettybelle*. Wenn Shania dich will, bist du verloren.«

Eduard schwieg. Zu gewaltig waren die Eindrücke, die der Urwald bot. Welch ein Totenfeld lag da vor seinen Augen! Riesige, oft dreißig Meter lange Bäume lagen wie Leichen vor ihnen, die kahlen Äste wie Arme ausgestreckt. Mancher Baum war an anderen hängengeblieben, ohne den Boden zu erreichen. Im Sturz hatten seine Wurzeln noch eine beträchtliche Masse Erdreich emporgerissen.

Unter den gefallenen Riesen lagen kreuz und quer andere, die vor ihnen aus dem Leben gerufen worden waren, viele schon morsch, zwischen Fäulnis und Verwesung. Denn der Urwald ist ein gewaltiges Leichenfeld.

An Arbeit hatte es in Frankenmuth nicht gemangelt. Pastor Craemer übertrug Eduard gleich nach seiner Ankunft immer mehr Aufgaben in der stetig wachsenden Gemeinde. Die Malaria hatte ihn auf das Krankenlager geworfen und müde gemacht. Eduard übernahm seine Gottesdienste, hielt die Verbindung mit dem stetig wachsenden Frankentrost, führte Verhandlungen mit Regierungsvertretern, kaufte Saatgut, Medikamente und Lebensmittel ein. Er war drauf und dran, ein richtiger Franke, ein Frankenmuther zu werden.

Über all dem verlor er sich selbst, wusste kaum noch, wer und weshalb er überhaupt hier war. War er Craemers Amtsbruder und Kollege? War er sein Stellvertreter, sein Gehilfe? Sein Sohn, sein Schüler, sein Freund? Oder gar sein Rivale, wenn er Dorothea am Kaminfeuer allzu tief in die Augen sah?

Also wurde das Pferd gesattelt. Eduard musste fort aus Frankenmuth.

An ein schnelles Fortkommen war nicht zu denken. Eduards Begleiter kannte den Pfad, doch immer wieder mussten sie anhalten, absteigen und die Pferde am Zügel nehmen, weil Bäume zu Boden gestürzt waren. Nesseln, Farn und Dornenzweige wucherten. Mehr als einmal galt es, einen Umweg zu finden.

»Aber du kommst ja nicht!«

Wochenlang waren ihm die Worte des Häuptlings nicht mehr aus dem Kopf gegangen.

»Meine Leute wollen prüfen, ob das, was du in der Kirche erzählst, wirklich die Wahrheit ist. Aber du kommst ja nicht.«

Bemassikehs Worte hatten seine Phantasie entzündet. Unter Indianern leben, ihr Los zu teilen – welch eine Herausforderung. Aber war das überhaupt möglich?

Erneut stockte ihr Ritt. Alles lag durcheinander und miteinander verschlungen. Da wäre auch für den Fußwanderer kein Fortkommen gewesen. Wieder mussten sie absteigen. James zog eine Axt aus dem Gürtel und schlug behände eine Art Schneise, so dass ihre Pferde entweder darüber wegspringen oder unten hindurchkriechen konnten. Während beide beschäftigt waren, einen Weg zu bahnen, suchten die Pferde von den Zweigen einen Imbiss zu erhaschen. Indianerpferde sind es gewohnt, sich selbst zu versorgen.

»So mancher Schwarzrock erlag schon den Liebeskünsten einer Indianerin und brach sein Gelübde«, grinste James. »Willst du nicht lieber umkehren?«

Aber Eduard ließ sich nicht provozieren. Mit Ulrica im Herzen wusste er sich gegen jede Versuchung und auch gegen die Verführungskünste der wilden Mädchen gewappnet.

Weiter und weiter ging es durch den schattendichten Urwald. Eisenholz- und Walnussbaum, Ahorn und Buche, Zeder, Eiche, Espe, Esche, Fichte, Kiefer, Tanne, Birke – alles wuchs hier durcheinander. Der Himmel war kaum noch zu sehen.

Kein Mensch begegnete den einsamen Reitern, kein Wild fuhr aufgeschreckt zur Seite, kein Vogel ließ sich hören. Nur die Bäume, deren Zweige, vom Winde bewegt, sich an den Zweigen anderer Bäume rieben, rauschten, wisperten, knarrten, ächzten oder gaben seltsame Töne von sich.

In der Missionsausbildung hatte Eduard eine Menge über die Chippewa gelesen und gehört. Sie werden auch Ojibwa genannt und leben rund um die großen Seen im nördlichen Amerika. Katholische Missionare hatten vor über dreihundert Jahren die ersten Begegnungen mit ihnen.

Versteckt in den Wäldern, zwischen Sümpfen und Seen, hatten die Chippewa länger als die Brudervölker im Süden ihre traditionelle Lebensweise bewahren können. Bisher lagen ihre Jagdreviere abseits der Landgier des weißen Mannes. Nahezu zwei Jahrhunderte lang hatten sie mit den Franzosen gute Geschäfte im Pelzhandel gemacht.

Gegen die Briten dagegen hatten sie sich gemeinsam mit anderen Indianervölkern aufgebäumt und unter den Häuptlingen Pontiac und Tecumseh erbitterte Kriege geführt. Im ehrlichen Kampf waren sie nicht besiegt worden. Doch betrügerische Verträge, Feuerwasser, die überlegenen Waffen und die Krankheiten der Weißen hatten am Ende auch die Chippewa geschwächt und dezimiert.

Seit Beginn des Jahrhunderts aber kamen nun auch noch die Abenteurer und Hungerleider aus Europa hinzu. Von Jahr zu Jahr wurden es mehr. Immer neue Einwandererwellen spülten die Ersteinwohner vor sich her. Von Küste zu Küste, dem Westen zu. Inzwischen gab es schon zehnmal mehr Weiße in der Neuen Welt. Und fast doppelt so viel Deutsche. Die Indianer wurden kurzerhand zur Minderheit und Plage im eigenen Land erklärt. Sie wurden verachtet, gefürchtet und als Belästigung angesehen. Selbst manche von Eduards Missionsbrüdern sprachen bereits von einem »Sterbenden Volk«, dem es nur noch barmherzig die Augen zuzudrücken gälte.

Dennoch, damals sah Eduard noch Hoffnung. Auch ihm schien ein friedliches Zusammenleben möglich, wie Pastor Löhe, der Gründer ihrer Mission, es gefordert und gepredigt hatte. Amerika ist ein weites, ein riesiges Land. Wo, wenn nicht hier, würde der Boden für alle Kinder Gottes reichen, für »Rothäute« und »Blassgesichter«.

»Du brauchst dringend eine Frau, Schwarzer Rock. Eine, die für dich sorgt. Sonst bist du verloren im Urwald!« Erneut kam James auf sein Lieblingsthema zurück. »Bestimmt wird Shania dir gefallen.«

»Wer?«

»Die *pretty belle* Tochter von Chief Bemassikeh. Ihr Mann wurde von einem Waffenhändler erschlagen. Als Weißer wärst du eine gute Entschädigung.«

Eduard bat James, in Anbetracht seines seelsorgerischen Auftrags derartige Anspielungen zu unterlassen.

Doch der lachte nur. »Keine Bange. Noch kannst du umkehren.«

Nach aller Mühsal hatten sie noch einen zwei Kilometer langen Sumpf vor sich. Hier gab es keinerlei erkennbaren Pfad mehr. Sein Begleiter jedoch entdeckte hin und wieder ein Indianerzeichen an den Bäumen, welches die Richtung anzeigte.

Bis an den Bauch versanken ihre Pferde im Morast und hatten Mühe, voranzukommen. Obwohl es ihm grausam erschien, im Sattel zu bleiben, machte es keinen Sinn, neben den Pferden zu gehen. Sie wären ja selbst im Morast versunken. Doch stiegen sie dann und wann auf einen hingefallenen Baum, damit die Tiere verschnaufen konnten.

Die Langsamkeit ihres Fortkommens machten sich die Bewohner des Sumpfes zunutze. Heerscharen von Moskitos überfielen mit besonderer Wut den bleichhäutigen Fremdling.

Eduard musste es aufgeben, sein Gesicht zu schützen. Nur die Augen suchte er zu retten. Hatte ihn bisher die große Einsamkeit verwundert, so beklagte er nun die aufdringliche, ja geradezu blutrünstige Invasion der Stechmücken! Auch ihre Pferde bluteten bereits am Hals und konnten kaum aus den Augen sehen.

James kümmerte das wenig. Munter plauderte er vor sich hin: »In den früheren Zeiten, wenn die Chippewa das Kriegsbeil ausgruben und Gefangene machten, hatten die Frauen zu entscheiden, wer überleben durfte. Sie konnten sich als Kriegsentschädigung nämlich einen Mann aussuchen, als Arbeitssklaven oder Liebhaber. Zum Ersatz für einen getöteten Vater, Ehemann, Sohn oder Bruder.«

»In der früheren Zeit?«

»Ja.«

»Das ist lange vorbei«, erwiderte Eduard.

»Ich weiß nicht.« James schüttelte den Kopf. Irgendwann hatte er sein Haar gelöst und zwei Federn hineingesteckt.

Nach dem rätselhaften Mann, der ihm in Frankentrost aus dem Dunkel des Waldes erschienen war, hatte Eduard Pastor Craemer gleich nach seiner Ankunft gefragt. Doch der hatte nur die Achseln gezuckt.

Immer wieder war der *Feind des Ischkudäwabu*, wie er sich selbst genannt hatte, neben ihm aufgetaucht und hatte ungebeten Ratschläge gegeben, wo er besser und günstiger kaufen könne. Der Mann sah aus wie ein Indianer, kleidete sich aber wie ein Franzose.

Auch in Saginaw-City, wohin Eduard marschiert war, um einen weiteren Brief an Ulrica aufzugeben, klebte er wie ein Schatten an ihm. Und war, als er sich bei einem Farmer nach einem Pferd umsah, urplötzlich hinter ihn getreten, tippte auf seine Schulter und meinte, er solle noch warten. Er wisse, wo es bessere gäbe.

Zwar hatte Eduard schnell enträtselt, dass *Ischkudäwabu* Feuerwasser bedeutet, und er es demnach mit einem allewei bekennenden Antialkoholiker zu tun hatte.

»Also bitte, lieber Pastor, spannen Sie mich nicht länger auf die Folter. Wer ist dieser seltsame Mann? Auch in der Kirche sah ich ihn schon. Er sitzt immer in der letzten Reihe. Doch als ich ihn nach seinem Namen fragte, sagte er nur ›Ich bin der Feind des Ischkudäwabu‹!«

»Gegner des Alkohols sind wir doch alle!«, schmunzelte der Pastor und tat, als kennte er ihn nicht.

Nachdem der Sumpf durchritten war, befreiten die beiden Reiter sich und die Pferde im Galopp von der Übermacht feindseliger Moskitos.

Nach einer Weile kamen sie an eine Lichtung. Als Eduard sich fragend umschaute, sagte James: »Hier war mal eine Siedlung. Einige Familien lebten hier in der Kindheit meiner Mutter. Die Steine dort sind ihre Gräber. Die Krankheit des weißen Mannes hat sie getötet.«

»Die Pocken?«, fragte Eduard.

Sein Begleiter nickte und stieg vom Pferd. »Ich kenne viele Totendörfer an den Großen Seen. Zu viele.«

Eduard erinnerte sich, in einer medizinischen Zeitschrift gelesen zu haben, dass vielen Indianern die natürliche Widerstandskraft gegen die europäischen Krankheiten fehlte. Schon eine harmlose Influenza raffte sie zu Tausenden hinweg. Im Indianerkrieg gegen Häuptling Pontiac habe die britische Armee die Schwarzen Pocken sogar als Waffe eingesetzt. Der Kommandant von Detroit, General Sir Jeffrey Amherst, hatte den Einfall, pockeninfizierte Wolldecken als Geschenk an die Chippewa und ihre Verbündeten zu verteilen. Nur jeder Zehnte überlebte.

Wie traurig sah mit einem Male die waldfreie Stätte aus. Ja, dort lagen sie, die Kinder des Waldes, die einst auf dieser Lichtung gelebt, geliebt und gelacht hatten. Eines ihrer Klagelieder hat Eduard später übersetzt.

*Unsrer Väter Gräber tragen
Keine Zeichen, keine Schriften.
Wer drin ruht, wir wissen's nimmer,
Wissen nur, 's sind unsre Väter!
Welcher Abkunft und Verwandtschaft,
Welchem alten Stammesschilde
Sie entsprossen, ist Geheimnis;
Wissen nur, 's sind unsre Väter!*

»Der Staub ihrer Leiber mischt sich mit dem Staub gefallener Bäume, und ihre Geister gehen zu den Geistern ihrer Väter«, murmelte James.

»Wohin?«, fragte Eduard.

Er hob Hände und Augen gen Himmel. »Ja, ist denn Gott nicht auch der Gott der Ungetauften?«

»Ja, freilich«, antwortete Eduard leise. »Der Gott von uns allen.«

»Also gut, Eduard, ich verrate Ihnen, wer unser *Feind des Ischkudäwabu* ist.«

Endlich war Pastor Craemer bereit, das Geheimnis zu lüften.

»Noch vor wenigen Jahren war dieser Monsieur einer der reichsten Männer von Saginaw. Er handelte mit Pelzen, Pulver, Gewehren und Feuerwasser. Doch sein Herz war zerstört. Wahrscheinlich ist er als Kind daran zerbrochen, dass sein Vater, ein französischer Trapper und Pelzhändler, seine indianische Mutter wegen einer anderen Squaw verließ. Schon in der Schule, auf die ihn sein Vater schickte, verachteten ihn die weißen Kinder als *Meti*, als Halbblut. Trotzdem lernte er gut, war anstellig und nach der Schule fand er Arbeit bei einem Wagenmacher. Später machte er sich selbstständig, handelte wie sein Vater mit Pelzen, aber auch mit Gewehren, Pulver und Whisky und schlug alle übers Ohr. Jetzt aber beschimpften ihn seine Mutter und die Indianer als Verderber und Vergifter, ja als Verräter des eigenen Volkes. Das hat seine Seele nicht ertragen. Er trank am Ende mehr Feuerwasser als er verkaufte und galt als der größte Freund des *Ischkudäwabu* südlich der großen Seen. Eines Tages haben wir den Trunkenbold in Flint regelrecht aus der Gosse gezogen.«

Nach einer längeren Pause, in der Dorothea Tee nachschenkte, fuhr der Pastor fort. »Der Mann heißt Maria Baptiste James Cruett. Er ist katholisch getauft, hat sich einmal von den Mormonen und zweimal von den Methodisten bekehren lassen. Aber erst wir Lutheraner haben ihn endgültig vom Teufel *Ischkudäwabu* erlöst und als Dolmetscher in den Dienst unserer Mission genommen. Eine Seele von Mensch. Ich habe James beauftragt, ein wenig auf Sie zu achten …«

*Wer zur Quelle will, muss gegen den Strom schwimmen*, hatte Bemassikeh gesagt. Ihr weiterer Weg führte dicht am Pine River entlang. An einer Biegung des Flusses sprang James vom Pferd und eilte zum Ufer. Dort standen, gut einen Meter hoch, drei Steine von seltsamer Gestalt. Sie erschienen wie unfertige Werke eines Bildhauers, doch waren sie nicht von Menschenhand gemeißelt, sondern von Wind und Wetter geformt. Auf dem oberen Teil, welcher einem steinernen Kopf ähnlich sah, entdeckte Eduards Begleiter ein paar Stücke fest gepressten Tabaks, wie man ihn in Amerika zum Kauen bereitet. Den hatten die Chippewa ihren Manitous, von denen sie die Steine beseelt glaubten, geopfert. James steckte ihn in seine Tasche und sagte: »Der kommt mir gerade recht. Ich habe ohnehin keinen mehr.« Vor einer Bestrafung durch die Waldgeister schien sich der bekehrte Halbindianer nicht mehr zu fürchten.

Friedrich August Craemer war Bürgermeister und Seelsorger in einer Person und darauf bedacht, den evangelisch-lutherischen Gründergeist wachzuhalten und gegen die verderblichen Einflüsse der Neuen Welt zu verteidigen. In einem geradezu heiligen Zorn wetterte er gegen den Alkohol und das gierige Dollardenken, aber auch gegen die Wanderprediger der Methodisten, Baptisten, Presbyterianer und die vielen schwärmerischen Sektierer, die sich in seiner Gemeinde ansiedeln wollten. Sie wären Heuchler, schimpfte er, und wollten die Indianer nicht zu freien Christenmenschen, sondern zu Sklaven und Dienstboten der weißen Herren umziehen.

Sicher hatte auch Craemer sich anfangs sein Wirken anders vorgestellt. In seiner Jugend, als Studiosus der Theologie, war er ein Rebell gewesen, hatte auf dem Hambacher Schloss für deutsche Einheit und Freiheit demonstriert und sogar mit der Waffe in der Hand 1833 am Sturm auf die Frankfurter Hauptwache teilgenommen. Als Staatsfeind verfolgt und zum Tode verurteilt, war er geflohen, fand bei der Kirche Unterschlupf und einen neuen Namen. Mit ergrauenden Haaren hatte er schließlich als Indianermissionar ein neues Lebensziel gesucht.
Doch auch hier ließ ihn die deutsche Misere nicht zur Ruhe kommen. Die Hungersnöte in der Heimat und der Zustrom der Armutsflüchtlinge hatten mittlerweile alles auf den Kopf

gestellt. Eine deutsche Gemeinde nach der anderen entstand. Und schon wurde Frankenmuth als »Mutter aller Kolonien« gerühmt. Aber was war mit den Indianern? Die eigentliche Aufgabe der Mission, die friedliche Bekehrung und Unterstützung der indianischen Ureinwohner, war allmählich ins Hintertreffen geraten. Immer öfter wurde Craemer vorgeworfen, unter christlichem Mantel dem europäischen Landraub den Boden zu bereiten, die Ersteinwohner zu verdrängen.

Craemer selbst litt unter diesem Konflikt. Doch auch den Nöten der armen Franken mochte er sich nicht versagen. Er war schließlich ihr geistlicher und weltlicher Führer. Und die Last auf seinen Schultern wuchs mit jedem Einwandererschiff. Deshalb hatte er vor mehr als einem Jahr das Missionshaus geradezu flehentlich um Unterstützung und Rückkehr zu seinem ursprünglichen Auftrag gebeten: »Hilf uns, den dahinsterbenden, vielfach betrogenen und ungerecht behandelten Indianern das Evangelium zu bringen!« So hatte er auch ihm persönlich nach Leipzig geschrieben. Und nur deshalb lebte Eduard jetzt in seinem Blockhaus.

Vorsichtig erinnerte er den Pastor an seinen eigentlichen Auftrag. »Wir Deutschen wollen es doch besser machen als die Engländer und Franzosen.« Doch Craemer vertröstete ihn auf das Frühjahr. Wenn er wieder genesen sei, wolle er alles nachholen und mit ihm gemeinsam die Indianerstämme im Urwald bereisen.

Die Sonne war nicht mehr zu sehen, obgleich sie noch lange nicht untergegangen war. Immer finsterer wurde es, bis sie endlich wieder ans Tageslicht kamen.

Eine gerodete Lichtung am Ufer des Flusses tat sich vor ihren Augen auf: das Lager des Häuptlings Bemassikeh. Nur wenige Bäume waren stehengeblieben, andere lagen abgeschlagen zwischen den Stümpfen. Welch ein armer, hoffnungsloser Ort! Geblendet vom Feuerball der untergehenden Sonne erkannte Eduard nur schemenhaft ein paar verstreut liegende Zelte und Hütten, aus welchen der Rauch stieg. Wildes Hundegebell begleitete sie, bis sie vor dem Wigwam des Häuptlings abstiegen. Endlich war er am Ziel.

Bemassikeh trat vor den Eingang seiner Hütte, um sie zu empfangen. Ernst und würdevoll blickte er Eduard ins Gesicht. Ein kurzes Lächeln zeigte, dass er Eduard wiedererkannte. Es gehört zur Begrüßung, sich offen und direkt in die Augen zu schauen. Ruhig und fest schüttelte ihm der wettergebräunte Mann die Hand und lud ihn in seinen Wigwam ein. Es handelte sich um eine Hütte aus Birkenrinde.

Die Behausung des Häuptlings war ein wenig größer als die übrigen. An beiden Seiten des Innenraums waren lange kniehohe Holzpritschen angebracht. In der Mitte brannte ein Feuer, an dem gerade das Abendessen bereitet wurde. Da es keinen Kamin gab, füllte der Rauch nicht nur die Hütte, sondern biss auch in die Augen.

Häuptling Bemassikeh stellte alle Anwesenden vor, seine Frau, seinen Sohn Donnerfeder, seine Töchter Takeetah und jene Shania, von der sein Begleiter den ganzen Ritt über geschwärmt hatte.

In der Tat war sie eine außergewöhnliche Schönheit. Ihr schwarzes, zu Zöpfen geflochtenes Haar hatte einen bläulichen Schimmer. Schneeweiß blitzten ihre Zähne im Widerschein des Feuers. Als Eduard kurz in ihre Augen schaute, lächelte sie, senkte aber gleich den Blick, als hätte sein Gruß sie in Verlegenheit versetzt.

Zum Stehen war des Feuers wegen kein Platz; daher hockten James und er sich gleich zu den anderen auf die Pritschen und streckten die Füße zum Feuer hin.

Als besonderer Gast wurde Eduard mit Hirschbraten und Mais bewirtet. Beides wurde in einem großen Kessel, der über dem Feuer hing, zusammen gekocht. Shania nahm etwas Mais und Mehl, knetete einen Teig und legte ihn zum Backen in die Glut und Asche des Feuers. Lächelnd reichte sie Eduard ein Stück von dem halbverbrannten Gebäck. Als wäre es eine besondere Köstlichkeit. Zwar schmeckte es ihm nur halb so gut wie ihr Lächeln. Doch »Hunger ist der beste Koch«, sagt ein altes Sprichwort, und ein zehnstündiger Ritt durch den Urwald ist gut geeignet, den Appetit ins Maßlose zu steigern.

Ihr anschließendes Gespräch drehte sich mit großem Ernst um das Vorhaben des nächsten Morgens, die große Ratsversammlung. Sie sollte über Eduards Zukunft bei den Chippewa entscheiden, die Aufnahme in ihre Gemeinschaft. Der Häuptling trat vor den Wigwam, rief einen Gehilfen, zeigte mit der Hand auf einen Baum und sagte: »Morgen, wenn die Sonne bei der Eiche stehen wird, erwarte ich alle unsere Männer!« Jener eilte, allen Familien die Einladung auszurichten.

Nach einer Weile kam die Zeit der Nachtruhe. Eduard legte sich neben James auf die harten Rindenbretter und nahm seinen Sattel als Kopfkissen.

Auf der gegenüberliegenden Pritsche lagen die Töchter und die Frau des Häuptlings dicht aneinandergeschmiegt. Eine Weile flüsterten sie miteinander, kicherten und schauten hin und wieder zu ihm herüber.

»Weißt du, weshalb sie so vergnügt ist?«, flüsterte ihm James ins Ohr. »Du hast ihren Speichel gegessen. Shania hat den Teig vorher in ihrem Mund weich gekaut. Jetzt bist du verzaubert und so gut wie verlobt mit ihr.«

Natürlich wertete Eduard das als einen von James Scherzen. Doch ein wenig mulmig war ihm schon. Nicht nur im Magen.

Lang noch lag er wach. Um ihn herum schliefen, in ihre Decken und Felle gehüllt, die Indianer. Es war eisig kalt geworden.

Heute hatte er eine Grenze überschritten, die Grenze zwischen Zivilisation und Wildnis. Vom Palast in die Hütte. Sollte er hier, unter den Chippewa, wirklich eine neue Heimat finden? Würden die Indianer ihn bei sich aufnehmen?

Eduard erwartete die Ratsversammlung wie ein Gottesurteil.

Schließlich erlöste ihn die Müdigkeit von allem Zweifel und schenkte ihm bis zum Morgengrauen einen bleiernen Schlaf.

# An der Biegung des Flusses

*»Mekadekonjeh = Schwarzer Rock. Mein Indianername war eigentlich nicht besonders originell. Der Begriff wurde vor etwa zweihundert Jahren geprägt, als die Chippewa zum ersten Mal katholische Missionare in langen, schwarzen Mönchsgewändern erblickten. Seither galt der Name für alle Prediger und Missionare, ob sie nun Katholiken, Baptisten oder Lutheraner waren. Und ich? Niemals trug ich einen schwarzen Rock.«*

Zuerst, gegen neun Uhr, kamen die Männer. Sie hatten ihre besten Gewänder angelegt. Die meisten trugen enge Beinkleider, welche bis knapp unter die Hüfte reichten. Ihre Schuhe, Mokassins genannt, waren aus weichem Hirschleder, geschmückt mit Perlen und bunt gefärbten Stacheln der Stacheltiere. Ein langes farbiges Hemd bedeckte den Oberkörper. Und über die Schultern hatten sie eine wollene Decke wie eine römische Toga gelegt.

Das rabenschwarze Haar hing den Rücken herab oder zu Zöpfen geflochten über der Brust. Nur zwei, drei Adlerfedern hatten sich die Männer in den Scheitel gesteckt. Einige hatten ihr wettergebräuntes Angesicht mit hellroten Streifen bemalt, um ihre Feststimmung anzuzeigen. Ein grämlicher Alter aber, der vorgab, wegen Eduards Ankunft einen bösen Traum gehabt zu haben, hatte sich die rechte Hälfte seines Gesichtes schwarz gefärbt.

Wenig später erschienen die Frauen. Sie trugen ähnliche Schuhe und Hosen, darüber aber, mit Perlen und Bändern bestickt, einen tuchenen oder hirschledernen Rock. Der Oberkörper war mit einer kurzen Jacke bekleidet und mit allerlei Zierrat behangen. Eduard erkannte Shania, deren Schönheit alle überstrahlte. Doch stets, wenn er sie ansah, schien sie seinem Blick auszuweichen.

Die Kinder tollten nackt umher, und die ganz Kleinen, die noch nicht laufen konnten, wurden von ihren Müttern auf dem Rücken in einer Art Kiepe getragen. Dazwischen streunten die Hunde.

Nachdem sich die Männer auf Baumstämme gesetzt und die Frauen hinter ihnen – meist im Schneidersitz – Platz genommen hatten, trat Häuptling Bemassikeh vor den Eingang seines Wigwams. Mit der linken Hand raffte er seinen Umhang auf der Brust zusammen, die rechte streckte er nach seinem Volke aus. Dann hielt er eine gut zwanzig Minuten lange Rede. Immer wieder bezeugte ein allgemeines Gemurmel, dass sie wohlwollend aufgenommen wurde. Der Häuptling schloss mit dem üblichen *Nindikit!* Das heißt: »Ich habe gesprochen!« Worauf von allen ein langes und lautes *Aouh!* folgte.

Eduard hatte wenig verstanden, doch Worte wie *Manito*, *Weißer Bruder* und *Schwarzer Rock* verrieten, dass es um ihn und seinen Auftrag ging.

James flüsterte ihm das Wichtigste kurz zu: Bemassikeh habe gesagt, dass Eduard als sein weißer Bruder über den großen Teich gekommen sei, um dem roten Manne einen guten Weg in die Zukunft zu zeigen. Deshalb habe er ihn eingeladen, bei ihm Wohnung zu nehmen. Das Bleiben oder Nichtbleiben des Missionars werde jedoch einzig und allein von ihrer aller Entscheidung abhängen.

Zum Abschluss stellte Bemassikeh ihn als *Mekadekonjeh* vor und erteilte ihm das Wort.

Eduard erhob sich und dankte für die Ehre, vor dem großen Rat sprechen zu dürfen. Ein beifälliges Murmeln ertönte. Der Mekadekonjeh möge reden, hieß das.

Eduard holte tief Luft. Schließlich war es seine erste Rede vor Indianern. Vor ihm saß mit finsterer Miene der Alte, der sich die Gesichtshälfte geschwärzt hatte. Damit zeigte er an, dass er nicht wollte, dass ein Missionar bei seinem Volke Wohnung fand. Noch musste Eduard sich der englischen Sprache bedienen und kurze Sätze bilden, die James sofort übersetzen konnte.

Die Vorstellung, dass es einen gemeinsamen Gott gäbe, für alle Menschen, gleich welcher Hautfarbe, erschien den Indianern angenehm. Auch gefiel ihnen, dass Gott wie ein gerechter Vater die Guten belohnt und die Bösen bestraft. Besonders gern aber hörten sie, dass Gottes Sohn dem Menschen aufgetragen hat, den Nächsten zu lieben, barmherzig zu sein und für Frieden und Gerechtigkeit zu sorgen. Und stärker als je bei einer Predigt hatte Eduard das Gefühl, dass dies alles für seine Zuhörer tatsächlich eine gute Botschaft war.

Nachdem das Gemurmel der Männer und Frauen verebbt war, kam er zum Kern seines Anliegens. Eduard erklärte sich bereit, der Einladung des Häuptlings zu folgen, als ein Bruder unter ihnen zu leben und ihre Sorgen und Nöte zu teilen.

»Vor allem will ich zwei Dinge für euch tun. Erstens müsst ihr mir erlauben, dass ich euch den Weg zum Leben weise, den guten Weg zum Himmelreich Gottes, in dem kein Schmerz und kein Leid, kein Hunger und kein Durst mehr sein werden. Zweitens aber will ich auch etwas für eine gute Zukunft hier auf Erden tun. Was ich von der Landwirtschaft und der Heilkunst verstehe, will ich euch lehren. Vor allem aber eure Kinder im Lesen, Schreiben und Rechnen unterweisen, damit sie lernen, Rechnungen zu führen, und ihr nicht länger im Zweifel sein müsst, ob und um wie viel euch die Händler betrogen haben. Von euch erwarte ich nur zwei Dinge: erstens, dass ihr mir die Kinder zum Unterricht schickt, und zweitens, dass ihr selbst an jedem siebten Tage zu mir kommt, damit ich euch ein wenig mehr von der guten Botschaft erzählen kann. Nun aber bitte ich, darüber zu beraten, ob ich unter euch leben darf!«

Darauf folgte ein langes Schweigen. Die Männer ließen, in Nachdenken versunken, die Köpfe hängen.

Wahrscheinlich erkannten oder ahnten sie das Neue und Ungewöhnliche seines Vorschlags. Und zögerten, ob sie es wirklich wagen sollten, einen bleichgesichtigen Fremden in ihre Gemeinschaft aufzunehmen.

Endlich fragte Bemassikeh: »Nun, was sagt ihr?«

Zuerst antwortete Eduards Widersacher, der sich die Hälfte seines Gesichtes eingeschwärzt hatte. Er war der älteste von allen und seine Meinung hatte großes Gewicht im Rat. Langsam erhob er sich und blickte seinem Häuptling ernst in die Augen: »Du kennst unsere Ansicht und unsere dunklen Träume schon lange. Und du weißt auch, was wir zu sagen haben. Daher warten wir erst einmal, was du uns erklären willst.«

»Was mich betrifft«, erwiderte Bemassikeh, »so will ich nur eines: dass es uns nicht ergeht wie unseren Brüdern im Süden, die den langen Weg der Tränen gehen mussten. Ihr wisst, wie sie bei eisiger Kälte von den blauen Soldaten aus ihrer Heimat vertrieben und in die Wüste gejagt wurden. Ich bin ein alter Mann und weiß, dass meine Zeit vorbei ist. Aber ich habe nicht nur in schlechten Nächten geträumt, sondern auch in guten. Ich habe geträumt, dass wir einen Weg finden, um bei den Gräbern unserer Vorväter zu bleiben und zu überleben. Daher werde ich meine Kinder in den Schulunterricht schicken und will auch selbst gern die Geschichten hören, die unser weißer Bruder *Mekadekonjeh* von dem Großen Geist zu erzählen weiß. *Nindikit!*«

Wieder folgten eine Pause und ein Getuschel, in dem sich Ablehnung und Zustimmung mischten.

Danach redeten mehrere Männer. Einer nach dem anderen erhob sich und jeder schloss seine Rede mit *Nindikit*, worauf stets ein mehr oder minder lautes *Aouh!* folgte.

Eduard konnte nur raten, was gemeint war, bis James ihm zuraunte, dass es fast immer dasselbe wäre. Nahezu alle erklärten, dass es richtig wäre, wenn die Kinder etwas lernen würden, denn eigentlich wisse doch keiner, wie seine Rechnung bei den Händlern stehe, weil keiner das Papier lesen könne, auf dem ihre Schulden verzeichnet seien.

Einer jedoch wandte sich direkt an ihn und fragte, ob denn die Nächstenliebe, der Frieden und die Gerechtigkeit unseres großen Geistes wirklich auch für Indianer gelte?

»Ja, gewiss«, erwiderte Eduard. »Gott liebt alle seine Kinder gleichermaßen und macht keinen Unterschied in der Hautfarbe.«

Solche guten Worte, meinte ein anderer, müsse er dann aber auch mal seinen eigenen, den weißen Leuten sagen. Sie täten ja ständig nur das Gegenteil von seinen süßen Reden.

»Genau das ist mein Ziel!«, rief Eduard. »Wir wollen Frieden stiften bei allen Völkern!«

»Lüge! Pahh!« Eine uralte Frau drängte sich nach vorn. Alles erstarrte und verstummte. Mit leblosem Blick schritt sie, geleitet von einem jungen Mädchen, auf Eduard zu. »Lüge! Der Mekadekonjeh will uns unsere Kraft nehmen und den Hass auf unsere Feinde! Wir sollen friedlich sein, wenn die Weißen uns unser Land rauben. Wir sollen gut sein, damit sie selbst schlecht sein können!«

Mit schmerzverzerrtem Gesicht hielt sie einen rotblonden Haarschopf in die Höhe und schimpfte auf Eduard ein. Dies sei der Skalp eines Soldaten, der im Indianerkrieg ihre Brüder getötet und ihre Kinder gemetzelt habe. Mit Stolz trage sie diesen Haarschopf, er sei die Freude ihres Alters, übersetzte James leise.

Die wütige Greisin war keine geringere als die berüchtigte und von den Regierungssoldaten lange Zeit als Mörderin gesuchte blinde *Mutter der Chippewa* – wie sie von den Ihren genannt wurde. Sie hatte einst zu den legendären *Frauen mit dem Tomahawk unter dem Kleid* gehört. Doch dazu später mehr …

Die Stimmung war umgeschlagen, feindselige Blicke musterten Eduard und schon sah er seine Sache verloren.
Dann aber geschah etwas Merkwürdiges. James schob den Missionar zur Seite. Seine Rede erschien ihm zu kraftlos. Plötzlich mochte er nicht mehr übersetzen.
»Ich kann bestätigen, dass dieser Mann ein Mekadekonjeh ist, der es ehrlich meint. Ich kenne ihn. Dieser Mann hat nicht die gespaltene Zunge einer Schlange. Dieser Mann meint, was er sagt, und er sagt, was er meint. Er redet zu seinen weißen Brüdern nicht anders als zu seinen roten Brüdern. Er gehört zu denen, die es gut meinen mit den Chippewa!«
Und dann brach es aus ihm hervor. Wie eine biblische Predigt. In einer Weise, die Eduard diesem schlichten Mann niemals zugetraut hätte. Es war wie ein Wunder. Und dies waren in etwa seine Worte:
»Brüder! Ihr alle wisst, wer ich bin. Ich bin weiß, ich bin rot, ich bin halb Franzose und nur zur Hälfte einer von euch. Ich kann nichts dafür, dass mein Vater und meine Mutter sich geliebt haben. Ich bin nicht schuld, dass ich so geboren wurde. Und doch: Rote wie Weiße haben mich als ein Halbblut verachtet. Aber sollte ich mir deswegen den Schädel spalten, sollte ich mir das eigene Herz zerreißen und den halben Kopf skalpieren? Schon als ein kleines Kind fragte ich mich das. Was ist meine Zukunft? Soll ich meinen Vater verachten, meine

Mutter hassen? Was wollt ihr denn, was wollen die Weißen? Lange war ich darüber sehr unglücklich. Und als junger Mann fast schon ertrunken im Feuerwasser. Doch dann kam ein Mekadekonjeh aus der großen Stadt Detroit. Er sah mich liegen am Straßenrand und redete mit mir wie mit einem Bruder. Er sagte, dass wir alle gleich und alle Kinder eines einzigen Vaters sind. Und dass dieser unser aller Vater der Manitu über allen Manitus ist, und dass er alle seine Kinder liebt, gleich welcher Hautfarbe, weil er gut und gerecht ist. Ja, das war der *good man Craemer*, und seither liebe ich den roten Bruder in mir genauso, wie ich den weißen Bruder in mir liebe. Glaubt mir: Ich bin mein eigener Bruder geworden. Und so sehe ich auch unsere Zukunft. *Nindikit*. Amen!«

Eduard stand wie vom Donner gerührt, konnte es kaum fassen. Was war das, was da aus James mit solcher Gewalt hervorsprudelte? Niemals würde er es besser sagen können. Eduard ging auf James zu und umarmte ihn. Auch die Chippewa waren sehr still und nachdenklich geworden. Kein Kind schrie, kein Hund bellte.

»Nun gut, wenn der Mekadekonjeh unter uns lebt, dann können wir ja überprüfen, ob er sich wirklich an die Gebote seines Großen Geistes hält«, sagte ein jüngerer Mann. Ein älterer meinte: »Wir Alten haben nichts zu verlieren. Aber unsere Kinder müssen überleben.«

Und schließlich erklärten sich die meisten einverstanden, jeden siebenten Tag mit Eduard zusammenzukommen, wenn sie nicht gerade zum Fischen auf den großen Seen oder zur Jagd in den Wäldern waren. Keiner sprach mehr dagegen. Nur der Alte mit der geschwärzten Gesichtshälfte blickte weiterhin feindselig und hüllte sich in Schweigen.

Nach einer längeren Pause erhob sich Bemassikeh erneut und hielt eine weitere Rede.
»Einst waren wir ein freies Volk, ein stolzes und mächtiges!«, begann er. »Wir Chippewa waren tapfere Krieger. Unsere Feinde fürchteten uns. Bei den Freunden waren wir geachtet …«

> »Viele Indianer sind geborene Redner. Sie wissen mit großer Ruhe angemessen und fließend zu sprechen, ohne Stocken und ohne sich im Kreise zu drehen. Jeder Satz wäre sofort druckbereit.
> Auch von ihrer Höflichkeit wäre so manches zu lernen. Ob einer auch noch so lange redet, keiner fällt ihm ins Wort oder unterbricht, bis der Redner alles, was ihm auf dem Herzen liegt, offen heraus gesagt und mit ›Nindikit‹ beschlossen hat.«

Der Häuptling schaute bei seinem Vortrag in die Ferne, als sähe er durch den Urwald hindurch bis zum Horizont. Sobald er aber etwas zu sagen hatte, was den einen oder den anderen besonders anging, wandte sich sein Blick ruhig und fest auf den Betreffenden, ob Mann oder Frau. Und auch wer seinem Blick auswich, fühlte und spürte ihn.

Bemassikeh sagte, es freue ihn, dass Eduard als ein weißer Bruder unter ihnen Wohnung nehmen und leben wolle. »Wenn ich unsere Menschen ansehe, wie arm und heruntergekommen viele von uns jetzt sind, so tut mir das im Herzen weh. Es sind viele fremde Feuer um uns, und es werden immer mehr. Doch leider ist die Hitze dieser Feuer nicht gut für uns. Die Feuer der Weißen rücken immer näher und wollen uns verbrennen. Immer weiter sind wir in die Wälder hinein geflohen. Noch sind sie einundeinhalb Tage von uns entfernt. Zugleich kommen auch schlimme Vögel von unserer eigenen Hautfarbe angeflattert und bringen aus den Städten allerlei Waren hierher, die nicht gut für uns sind. Ich nenne jetzt nur das *Ischkudäwabu*, das Feuerwasser, das unsere Sinne in Nebel hüllt. Wenn ihr diesen Weg einschlagen und so heulen, jaulen, brüllen und euch so betragen wolltet wie die Trinker, so würde mir das sehr wehtun. Hingegen würde es mich freuen, wenn ihr von den Gedanken etwas in euch aufnehmen würdet, die mein weißer Bruder Schwarzer Rock euch bringen wird. Ich habe mir seine Worte in Frankenmuth und in der großen Stadt Detroit sehr genau angehört. Wenn aus guten Worten gute Taten entstehen, werden auch die Menschen gut, ganz gleich, ob der Große Geist sie mit einer weißen, schwarzen oder roten Hautfarbe geschmückt hat. Besonders ihr jungen Frauen solltet euch den Rat und Unterricht eures neuen Bruders zunutze machen. Manche von euch haben bereits als junge Mädchen den Weg verfehlt und sind zu Männern gegangen, die nicht gut für sie waren. Sie sind danebengetreten. Mehr will ich nicht dazu sagen. Ich bin ein alter Mann, und mein Geist wird bald bei den Geistern meiner Väter sein. Ich wünsche aber zuvor, mein Volk auf einem besseren Wege zu sehen.«

Noch einmal blickte er in die Runde und prüfte jeden Einzelnen mit seinen Blicken.

»Es hat keiner widersprochen. Es will keiner das Wort. Ich

*Häuptling Bemassikeh vor der Ratsversammlung*

halte die Sache für abgemacht und wünsche, dass mein weißer Bruder bald kommen möge. Einen Wigwam werden ihm unsere Frauen bauen, in dem er wohnen kann, bis er sich selbst ein eigenes Haus errichten wird. *Nindikit.*«

Bemassikeh trat auf Eduard zu und schüttelte ihm zum Zeichen der Aufnahme in seine Gemeinschaft herzlich und lange die Hand. Und nun standen alle Männer auf. Einer nach dem anderen trat herzu und schüttelte ihm so kräftig die Hand, dass er es noch tagelang bis in die Schulter hinauf spürte.

Auch Shania lächelte, blieb jedoch, wie es sich geziemte, im Hintergrund bei den Frauen. Ihr jüngerer Bruder Shegonabah, die *Donnerfeder*, aber trat zu Eduard und sagte: »Da mein Vater dich einen weißen Bruder nennt, so muss ich dich *weißer Vater* nennen. Und wie einen Vater will ich dich achten. *Nindikit.*«

So war der Zweck seiner Reise erfüllt. Zunächst mochte Eduard es kaum glauben. Er war tatsächlich ein Mitglied der Gemeinschaft der Chippewa geworden. Löhes Traum, eine eigenständige Indianergemeinde zu gründen, war zum ersten Mal in greifbare Nähe gerückt.

Ja, er wollte das Experiment wagen. Auch wenn ihn die meisten seiner Landsleute für einen Phantasten hielten … An diesem Tage fühlte sich Eduard stark genug, den Indianern ein Indianer zu werden.

Auch ein anderes geheimes, sehr persönliches Ziel seiner Pilgerreise hatte er erreicht. Endlich ganz unten. An einem der elendsten Orte dieser Erde. Bethany.

Eine lang nicht mehr gekannte Heiterkeit erfüllte ihn. Er hatte es geschafft. Hier in dieser Wildnis, in einer rauchigen Rindenhütte, anderthalb Tagereisen weit von der nächsten Poststation und einen Tag entfernt vom nächsten Blockhaus, der nächsten zivilisierten Behausung, mitten unter diesen elenden Menschen, sollte von nun an seine Heimat sein. Und soweit es auf Erden nur ging, von dem Schurken, seinem irdischen

Vater entfernt. Doch konnte er seiner Vergangenheit wirklich entfliehen?

James, der von dieser Bedrängnis nichts wusste, schüttelte immer wieder den Kopf, als sie nach Frankenmuth zurückritten. »Nonsens«, murmelte er vor sich hin. »Nonsens!« Dann dauerte es wieder dreiviertel Stunden durch Geröll und dorniges Gestrüpp, bis er seine Rede fortführte. Nächstenliebe? Barmherzigkeit? *Crazy* wäre er, ein Verrückter.

»Und was ist über mich gekommen?«, haderte er. »Ich habe im Schwall geredet, als hätte ich literweise Feuerwasser getrunken ... Ich verstehe mich nicht.«

Wieder waren sie eine gute Stunde schweigend nebeneinander her geritten.

»Die alte Kriegerin hätte dich am liebsten am Marterpfahl gesehen ... glaub mir ... und eigenhändig skalpiert ... Ich bewundere sie. Die wirst du nie verbiegen!«

Und als sie Rast machten, stopfte er seine Pfeife und schüttelte erneut den Kopf.

»Es ist wichtiger, dass wir die Yankees bekehren, glaub mir!«

Eduard ahnte, dass da noch etwas anderes war, das ihn bedrückte.

»Ich weiß wirklich nicht, ob ich mit dir gehe ... Weißt du überhaupt, was du mir antust?«

Als Dolmetscher würde er durch Eduards Wahnsinn mit seiner indianischen Frau und seinen Kindern wieder zurück in die Wildnis, in die Steinzeit gestoßen. Er schimpfte über das elende Dorf, die Armut, den Rauch und Gestank und den Schmutz.

»Mekadekonjeh, du machst einen schlimmen Fehler. Du

wirst hungern und dürsten und im Winter frieren, wie du noch nie gefroren hast!«

Als sie die Furt erreichten und den Fluss durchquerten, sah ihn James erneut mit kläglicher Miene an.

»Es ist sowieso alles sinnlos! Wir sind ein sterbendes Volk. Irgendwann kommen die Yankees auch in diesen Wald, rauben unser Land und treiben uns über den Mississippi hinaus.«

Eduard hörte darüber weg, sah über die Wipfel des wilden Waldes hoch. Denn seine Hoffnung war groß.

*Indian Summer.* Farbenfroh das Laub, milchig blau der Himmel.

# Die Tochter des Häuptlings

*»Ihre Wohnung nennen die Indianer Wigwam. Die Frauen und Mädchen bauen sie zumeist aus Birkenrinde. Die Rinde wird einen Meter hoch und möglichst breit von den Bäumen abgeschält. Da sich die Rinde sofort zusammenrollt, wird sie auf die Erde gelegt, mit Steinen beschwert, bis sie getrocknet ist und flach bleibt. Für ihre Jagdzüge fügen die Frauen diese Platten auf Holzgestängen zu Zelten, zu Tipis, zusammen. Soll es aber eine feste Wohnung werden, so rammen sie im Geviert hohe Holzpfähle in den Boden und binden daran die Rindenplatten fest. Das sind die Seitenwände. Darüber wird ein Dachgestänge gelegt und ebenfalls mit Birkenrinde gedeckt. Oben im First bleibt eine Luke, durch die der Rauch des Feuers hinausziehen soll. Fenster braucht es nicht. An der vorderen Giebelwand dient eine schmale Öffnung als Tür, die mit einer Decke verhangen wird.«*

Einen Wigwam wies Häuptling Bemassikeh dem jungen Missionar zur Wohnung an, als er wenige Tage später mit Sack und Pack wieder bei ihm eintraf. Seine Tochter Shania hatte ihn zusammen mit ihrer Schwester Takeetah und ihren Freundinnen für Eduard gebaut, den schönsten Wigwam an der Biegung des Pine River, meinten die Mädchen und kicherten, als er ihre Arbeit lobte.

Am Abend brachte die junge Witwe einen Topf, Decken und Felle und war schon dabei, ein gemeinsames Lager herzurichten, als Eduard ihr erklären musste, dass er in der Nacht allein bleiben wolle. Die Häuptlingstochter schüttelte enttäuscht den Kopf, nahm ihre Decke und ging mit trotzigem Schritt davon. Seither wusste Eduard, dass sie ihn in ihr Herz geschlossen hatte – mehr als ihm zukam.

»Meine Tochter wollte dir nur angenehm sein«, sagte Bemassikeh fast schon entschuldigend, nachdem ihm der Missionar von seiner Verlobten in der Heimat erzählt hatte. »Unsere Frauen wollen einfach nicht glauben, dass ein Mann ohne ihre Hilfe in der Wildnis überleben kann. Und, offen gesagt, ich glaube es auch nicht.«

Ja, für die erste Nacht war es durchaus gemütlich in Shanias Wigwam. Selbst wenn die Pritsche noch so hart war. Durch die Luke blickten Mond und Sterne auf ihn herab, zu seinen Füßen knisterte das Feuer. So fern der Zivilisation, so weit entfernt vom Park seiner Kindheit, so dürftig war er noch nie gewesen. Eduard war angekommen. Endlich war er ganz bei sich.

Aber schon am nächsten Tag zeigte sich, dass auch die Einsiedelei ihre Sorgen hat.

Da Eduard nicht gewohnt war, wie ein Indianer oder ein Schneider auf untergeschlagenen Beinen zu sitzen, hockte er sich erst mal an den Rand der Pritsche und ließ die Beine zu Boden baumeln. Das ging aber wegen des Feuers nicht, das

in der Mitte brannte. Die Füße wurden schnell glühend heiß. Doch wie sollte er lesen und schreiben, um die Sprache der Chippewa zu erlernen?

Am nächsten Morgen band er etliche Stücke Baumrinde auf ein paar Pfähle und hatte so einen leidlichen Tisch. Damit war nun aber kein Platz mehr für das Feuer. Also musste er es draußen vor der Tür anzünden. Und schon stellten sich neue Übel ein.

Wenn es regnete, wollte das Feuer draußen nicht brennen. Zugleich fand der Regen den Weg durch die Dachluke, die zum Abzug des Rauches bestimmt war. Und schließlich rann das Wasser nicht klar aus den Wolken herunter, sondern wusch die geräucherte Rinde ab und tropfte schwarz als Tintenbrühe auf den Tisch, in Tasse und Teller, oder auf sein kostbares Papier.

Doch Eduard wusste sich zu helfen. Mit der einen Hand spannte er seinen Regenschirm auf und führte mit der anderen den Löffel beim Essen oder die Feder beim Schreiben. Für ein Weilchen ging das. Aber in manchen Nächten peitschte der Regen von oben ebenso wie von den Seiten, und wenn sein Schirm auch den Kopf im Trockenen ließ, so war doch der Leib unbeschützt. Dazu auch Bibel, Psalter, Gesangbuch und was sonst nicht nass werden durfte.

Bisweilen bereute Eduard dann doch ein wenig, dass er das Angebot der jungen Witwe, ihm den Haushalt zu führen, ausgeschlagen hatte. Shania kam nun immer seltener. Für sie wäre es die natürlichste Sache der Welt gewesen, ihm zu helfen. Aber auch: sich an ihn zu schmiegen. Doch dann wäre er verloren gewesen.

Um nicht in Versuchung zu geraten, musste Eduard sich mehr als einmal klar machen, dass er ohne weibliche Hilfe zurechtkommen musste. So gut es ging, wich er Shanias Blicken aus, und seine Seele mahnte: *Nein, niemals, nein! Ich bin mit dem herrlichsten Wesen auf Gottes Erde in Liebe verbunden.* Und obendrein hatte er eine Aufgabe, die ihn aus irdischer Verstrickung befreite.

Da Eduard, um sich die Füße nicht zu verbrennen, kein Feuer entzündete, fanden sich vor dem Wigwam viele Hunde ein, die sonst von den Flammen abgeschreckt worden wären. Ihr Gebell, Geknurre und Geheul raubte ihm den Schlaf. Daher verrammelte er den Eingang zum Wigwam mit Baumrinde. Doch die Hunde wussten Rat. Schnell kletterten sie auf das

Dach und schauten durch die Luke auf ihn herab. Da ihnen der Sprung aber zu gewagt erschien, erhoben sie ein entsetzlich klagendes Geheul, ließen sich nicht belehren, und, mit dem Stocke vertrieben, kehrten sie alsbald wieder. Endlich wagten sie doch den Sprung in sein Heim und fraßen, was sie fanden. Viel war das freilich nicht, und so verzehrten sie gut zwei Pfund Kerzen, die Shania ihm aus Hirschtalg gegossen hatte.

Dass die Hunde auch seine Tasse und seinen Teller zerbrachen, versteht sich von selbst. Aber solche Luxusartikel gehörten eben auch nicht in einen Wigwam.

Shania lächelte, als sie die Bescherung sah, mitfühlend, aber auch ein wenig schadenfroh über sein Missgeschick. Und immer unbehaglicher wurde es ihm im Wigwam. Er war nahe daran aufzugeben. Vor allem quälte ihn die Frage: Konnte er Ulrica dieses Elend zumuten?

Da er noch weitere Stämme betreuen wollte, war der junge Missionar häufig unterwegs und machte Antrittsbesuche an benachbarten Lagerfeuern. Anfangs allerdings gab es so manche Enttäuschung.

Als er einmal nach zehnstündigem Ritt eine Chippewa-Siedlung erreicht hatte, fand er sämtliche Bewohner in einem Saufgelage. Das sind schlechte Zeiten für Gottes Wort. Denn im Rausch sind die Männer sehr verliebt in sich und freundlich zu aller Welt. Gern lassen sie sich bekehren. Das nutzen die Seelenfänger verschiedener Sekten schamlos aus. Doch was hilft der Glaube im Rausch?

Weist der ernsthafte Missionar jedoch ihre Einladung mitzutrinken ab, so beleidigt und erzürnt er sie. Dann können sie sogar sehr wütend werden. Darum ist es ratsam, den Betrunkenen aus dem Weg zu gehen. So mussten sie weiterreiten und, als die Sonne sank, unter einem Baume ihr Nachtlager machen.

James suchte eine geeignete Stelle aus. Als Halbindianer hatte er dafür den geschulten Blick. Allerdings hatten sie weder Feuerzeug noch Nahrung dabei. Die Pferde wurden so angebunden, dass sie an frischen Zweigen des Unterholzes den größten Hunger stillen konnten. Ihren Reitern dagegen knurrte der Magen.

James nahm den Sattel seines Pferdes zum Kopfkissen, streckte sich lang aus, bedeckte sein Gesicht und forderte Eduard auf, dasselbe zu tun. Gleich darauf war er eingeschlafen.

So leicht ging es aber nicht. Noch war alles viel zu neu. Zunächst wollte der Sattel gar nicht recht als Kopfkissen passen. Dazu plagte ihn die Sorge, sein Pferd möchte sich los machen und davonflüchten. Und als er endlich doch ein wenig zu schlummern versuchte, störten ihn seltsame Geräusche. Bald war es wie fernes Seufzen, bald ein wütendes Heulen und Knetern. Der Wind hatte sich erhoben, die Äste der Bäume rieben sich aneinander. Darauf war es wieder ganz still. Erneut versuchte er einzuschlafen.

Da erdröhnte plötzlich die Erde von einem mächtigen Schlag. Erschreckt sprang Eduard auf. Doch es war nur ein mächtiger Urwaldriese krachend zu Boden gefallen und hatte sich zwischen anderen Bäumen verfangen. Die brechenden Äste knackten und knarrten noch ein Weilchen vor sich hin.

James schnarchte unbesorgt weiter. Er beherrschte nun mal die Kunst, eine Ruhestätte genau dort zu finden, wo ringsum nur gesunde und kräftige Bäume stehen.

Mit Tagesgrauen wurden die vor Kälte erstarrten Glieder gerieben. Beide sprangen ein wenig umher, um das Blut wieder in Umlauf zu bringen. Dann sattelten sie die Pferde und ritten weiter. Eduard wollte noch einen anderen Stamm aufsuchen, dessen Häuptling sich besonders hartnäckig der christlichen Botschaft verweigerte.

Um die Mittagszeit stießen sie auf einen breiten Fluss. Eine Furt oder Stromschnelle, an der das Wasser weniger tief ist, war nicht zu entdecken. Mit einem langen Ast in der Hand ritt James in den Fluss, um die Tiefe zu messen. Plötzlich aber verlor sein Pferd den Boden unter den Hufen, und da es einmal im Schwimmen war, hielt es die Richtung und brachte ihn sicher am jenseitigen Ufer ans Land. So war Eduard durch den Fluss von seinem Begleiter getrennt. Was sollte er tun?

Alle Pferde können schwimmen, aber nicht alle sind imstande, schwimmend einen Reiter sicher ans andere Ufer zu tragen. Eduards Mustang hatte dies noch nie gemacht, und er selbst konnte ja überhaupt nicht schwimmen. Dennoch blieb ihm nichts anderes übrig. Mit weichen Knien ritt er in den Fluss hinein, während James von drüben her kommandierte: »Steigbügel loslassen! Zügel auf den Hals des Pferdes! Auf seinen Rücken legen, an der Mähne festhalten! So!«

Eduard blieb nichts anderes übrig. Sein braves Pferd schwamm mit ihm hinüber, aber der Strom riss sie doch eine Strecke mit fort. So trieben sie einer Uferstelle entgegen, an der allerdings herabgestürzte Bäume den Landgang hinderten. Das Tier wandte den Kopf zurück und sah ihn an. In seinem Blick lag die Frage: Was nun?, so deutlich, dass er das Schlimmste befürchten musste. Hilflos, ohne Rat zu wissen, schloss Eduard die Augen und klammerte sich wie ein Ertrinkender an den Hals seines Pferdes. Das kluge Tier folgte nun seinem eigenen Ermessen, schwamm den Strom ein Stück weit hinab und trug seinen zitternden Reiter an einer geeigneten Stelle sicher an Land.

Nun galt es, den nassen Sattel abzunehmen und das Wasser vom Leib des Pferdes abzustreichen. Währenddessen hatte James ein Feuer gemacht. Beide zogen die Kleider aus, wrangen sie aus und legten sie ans Feuer. Bald freilich mussten sie wieder angezogen werden, und mit feuchten Hemden und Hosen ging es weiter.

Nachmittags kamen sie endlich zu den Indianern.

Mit seiner Mission hatte Eduard wenig Erfolg. Der Häuptling war schlechter Laune. Er wollte nichts von Vergebung der Sünden und Gottes Frieden wissen. Trotzdem hörte er der Predigt des Missionars aufmerksam zu.

Der Häuptling war überhaupt ein alter Spötter. Als Eduard geendet hatte, versuchte er den Spieß umzudrehen und ihn zu missionieren. Die Europäer hätten nur Krankheit, Elend und Zwietracht über den großen Teich gebracht. Vor allem jedoch müsse er die Blassgesichter verachten, weil sie sich ihr ganzes Leben abmühten, Reichtümer zu erjagen, die sie nach ihrem Tode ja überhaupt nicht mitnehmen könnten. »Wir dagegen lassen die Erde ruhen, wie Manitu sie geschaffen hat, und nehmen zu essen nur, was wir brauchen, und vom Wild nur das, was sich im ehrlichen Kampf von uns bezwingen lässt.«

Als James ihm den Umschlag mit dem Geld überreichte, das die Regierung jedem Stamm jährlich für das abgetretene Land auszahlte, schüttelte der Häuptling verächtlich den Kopf. »Ist dies das Zeug, wonach die Weißen alleweil jagen und rennen?« Nachdenklich nahm er das Geld, das er jahrelang nicht bei der Verwaltung abgeholt hatte, in seine Hand.

»Im Gegensatz zu anderen Häuptlingen bin ich der Meinung, dass man Land, Wasser, Luft nicht kaufen kann. Das ist Betrug. Mit eurem Geld wollen wir nichts zu tun haben!« Damit zerriss er das Geld der Regierung und warf es vor allen seinen Leuten in den Fluss.

So tief verachtete er das Leben und Tun der Weißen. Und auch den Missionar, der ihm ja in manchem zustimmte, lachte er nur aus. »Wir brauchen keinen weißen Gott!«

Die eiskalten Wintermonate und Weihnachten verbrachte Eduard in Frankenmuth. Pastor Crämer und Dorothea zelebrierten Seelenfreude und heilige Familie mit ihrem kleinen Sohn.

Ein Gefühl von Einsamkeit ergriff ihn nun doch. Im Kerzenglanz des Pfarrhauses dachte er nicht selten an das verschlammte Bethany und den Urwald zurück. Aber auch an Bemassikehs schöne Tochter. Er vermisste Shanias Lächeln, wenn sie ihm zusammen mit ihrem kleinen Sohn das Essen brachte, ihr sorgsam gescheiteltes Haar, die Zöpfe, das Weiß ihrer Zähne und den Glanz der Augen. Aber er dachte auch an das eifersüchtige Gebell ihres Hundes. Der Stolz, mit dem sie sich abwandte, nachdem er ihre Hilfe im Wigwam abgewiesen hatte, der trotzige Schritt, mit dem sie enteilte, hatte sein Herz berührt.

Zugleich und umso stärker sehnte er sich nach Ulrica. Ihr schimmerndes Spiegelbild stand vor seinen Augen, das grünweiße Ballkleid, die Blume im Haar, der Salon der Dresdener Stadtwohnung. Wie ein Engel war sie ihm erschienen: die einzige, die damals, als er sich mit der Familie überwarf, noch zu ihm gehalten hatte. Wie lange würde sie auf ihn warten können?

In gewisser Weise musste er Bemassikeh ja doch Recht geben. *Manitu habe Mann und Frau als Einheit erschaffen. Ohne Weib wäre ein Mann nur ein halber Mensch.*

Pastor Craemer und Dorothea lebten es ihm deutlich vor, und je einsamer sich Eduard fühlte, desto mehr wurde ihm bewusst: Für die weitere Missionsarbeit brauchte er unbedingt eine tüchtige Gefährtin. Wie auch für sein leibliches Wohl und Gleichgewicht. Doch wie sollte er ein Eheglück finanzieren? Sein Missionarsgehalt ernährte nur ihn allein.

Dazu kam die Frage: Würde Ulrica wirklich das Elend von Bethany mit ihm teilen wollen, mit ihm in einer zugigen und verräucherten Indianerhütte wohnen? Gewiss reichte ihre Liebe bis Frankenmuth. Das hatte sie mehr als einmal beteuert. Ein Pionierleben am Rande der Zivilisation war ja das Schicksal vieler Auswanderer. Aber Bethany? Aus der Villa ihrer Eltern in die ärmlichste Hütte, die sich denken lässt? Konnte sie sich so etwas überhaupt vorstellen? Konnte er das von ihr erwarten?

Eduard beschloss, Ulrica alles schonungslos aufzuschreiben und fasste den Mut zu einem neuen Antrag. Er war sehr aufgeregt, sein Kopf glühte. Die Sehnsucht war ebenso groß wie die Hoffnung. Neun von zehn Briefentwürfen wanderten in das Kaminfeuer.

Auch an die Leipziger Mission schrieb Eduard von seinem Plan und rechnete – später schämte er sich dafür – den hohen Herren vor, um wie viel günstiger im Unterhalt eine rechtmäßige Ehefrau im Vergleich zu einer fränkischen Haushälterin sein würde. Sofern es überhaupt eine gäbe. Und auch die finanziell günstigste Lösung wies er von sich. Mit der Begründung, wie wenig es seinem seelsorgerischen Amte dienlich sein würde, wenn er mit einer Indianerin … Indianermädchen seien bekanntermaßen zu stolz, sich als Magd zu verdingen und für einen weißen Mann zu arbeiten. Täten sie es dennoch, fügte er erläuternd hinzu, wäre leicht eine Zuneigung im Spiel, könne zu viel weibliche Fürsorge dem Ruf eines Geistlichen abträglich sein, wie die viel beklagte Affäre seines Amtsbruders Weishaupt aus Flint gezeigt habe.

Als rechtmäßig kopuliertes Eheweib dagegen hätte die von ihm erwählte Ulrica Barbara aus Zielenzig den Vorteil, dass sie aus ganzem Herzen, mit untadeliger Moral und in christlicher Überzeugung die Missionsarbeit zu unterstützen bereit sei und neben seiner privaten Versorgung auch so manchen Schul- und Gemeindedienst verrichten könne. Kein Wort von Ulricas Liebreiz und Herzensgüte, kein Wort von seiner Sehnsucht kratzte die Feder auf das Papier. Am Ende bezifferte er Ulricas monetären Vorteil sogar in Dollar und Cent, um eine Erhöhung seiner Bezüge zu rechtfertigen. Auch die exakten Kosten der Schiffspassage hatte er mit hineingerechnet.

Insgeheim schämte sich Eduard allerdings, als er Dorothea den Entwurf seines krämerischen Schreibens vorlas. Sie runzelte die Stirn und meinte, eine Liebeserklärung wäre das wohl nicht.

»Doch!«, widersprach er. »Wer zwischen Zeilen und Zahlen liest, sieht, was ich leide!«

»Allzu hoch schätzen Sie den Wert von uns Pastorenfrauen ja nicht gerade ein«, murmelte Dorothea, als sie las, welches Gehalt Eduard für Ulrica angesetzt hatte.

»Umso reicher wird meine Liebe sein!«, erwiderte er heftig.

Enterbt und verstoßen war Eduard nicht mehr in der Lage, sich und seiner Geliebten ein gemeinsames Glück finanzieren zu können. Zum ersten Mal sprach er mit Dorothea offen über seine Herkunft und die Wunde, die ihn aus dem Vaterhaus vertrieben hatte. Den eigentlichen Grund, weshalb nur Gott noch sein Vater sein könne, behielt er allerdings weiterhin für sich. Als seine Vertraute sah, wie ihm dabei die Wut in den Kopf stieg, schlug sie vor. »Kommen Sie, wir gehen ein wenig Holz hacken!«

Als die junge Frau wieder hinter dem Vorhang hervorkam, hatte sie sich völlig verwandelt. Dorothea trug Männerhosen, Stiefel und den grobgestrickten Pullover ihres Mannes. Mit ihrem blonden Zopf, der unter dem Hut des Pastors hervorschaute, sah sie trotz aller Elfenhaftigkeit fast ein wenig verwegen aus. Draußen im Schnee reichte sie ihm das Beil und sagte: »Nur zu, mein Lieber, schlagen Sie kräftig zu!«

Eduard nahm das Beil, trat zum Klotz und spaltete die Holzstücke mit wuchtigen Schlägen. Während Dorothea die Scheite sammelte, staunte sie. »Alle Achtung, Sie schlagen ja ganz schön zu! Und das bei Ihren Händen! Die waren eigentlich ja wohl eher für das Klavierspiel geschaffen …«

»Ihre aber auch!«, erwiderte er und schlug weiter. Dabei erzählte er, dass er als Kind einmal, im Palais des preußischen Ministers, vierhändig mit Ulrica vorgespielt und vor sieben Jahren in Posen sogar ein Konzert des genialen Franz Liszt besucht habe. Am Ende, als seine Wut verraucht war, legte er das Beil beiseite, wischte sich den Schweiß von der Stirn und sagte:

»Wenn wir hier in der Wildnis eine Orgel hätten, würde ich mit Ihnen gern …«

Worauf Dorothea ihn prüfend musterte und erwiderte: »Und ich, wenn ich Ulrica wäre …«

»Ja?«

»Ich würde es mir gut überlegen, lieber Eduard, ob ich über den Ozean käme … und am Ende …«

»Was?«

»… mein Herz fragen und …«

Lange sah sie ihn an. Sein Blick wurde dabei so bang, dass sie lächeln musste. »… na ja, wenn ich Sie wirklich liebte, würde ich natürlich so schnell wie möglich angesegelt kommen …« Dabei boxte sie ihn mit ihrer kleinen Faust in die Seite. »Vielleicht!«

Fortan galt es wochenlang auf eine Antwort der Leipziger Missionsgesellschaft zu warten.

Doch die Heiratsgenehmigung blieb aus.

Umso schneller traf ein Brief von Ulrica ein. Obgleich Eduard sie wiederholt gewarnt, ihr sein Elendsquartier in den gräulichsten Farben ausgemalt hatte, enthielt er ein begeistertes

»Ja!« Und seinen Antrag machte sie unwiderruflich. Ihr Bruder habe die Kutschen- und Eisenbahnfahrt nach Bremen bereits zusammengestellt und zum Februar eine Kabine für die Schiffspassage nach New York gemietet.

Ulrica war entschlossen, den Salon ihrer Eltern, die Bibliothek, das Klavierspiel, ihre Freundinnen und die sie umschwärmenden Verehrer Hals über Kopf zu verlassen. Weder Wildnis noch Wigwam scheue sie, um an seiner Seite zu sein.

Eduard konnte sein Glück kaum fassen. Auch wenn er zu diesem Zeitpunkt immer noch nicht wusste, wie er denn eine Frau (und später womöglich eine Familie) ernähren sollte.

Er hat ihren Brief jahrzehntelang aufbewahrt. Das Papier ist vergilbt und zerknittert. Bis zu Ulricas Ankunft in der neuen Welt trug er ihn monatelang an seinem Herzen. Kein Zweifel, seine Braut war noch mutiger als er. Und so verliebt, dass er es kaum glauben mochte. Am besten, schrieb sie, solle er in New York sogleich einen Pastor für die Trauung auftreiben und ein Hotel für die Hochzeitsnacht.

Seine erste Winternacht im Freien erlebte Eduard auf der Rückreise nach Bethany. Sein Herz jubelte, das neue Jahr sollte ihm die Braut bringen. Die Fahrt ging unbesorgt und schnell voran. Doch dann trat heftiger Schneefall ein.

»O weh!«, rief James. »Nun kommen wir nicht mehr nach Haus.«

»Warum nicht?«

»Werden Sie schon sehen«, war die Antwort. Und bald genug war es offenbar. Das Pferd stellte das Traben ein, und so stark es sich auch mühte und schwitzte, konnte es doch nur schrittweise weiterkommen. Der Schnee hielt den Schlitten immer mehr auf, je tiefer er fiel. So kam der Abend heran.

»Hier müssen wir bleiben«, rief James.

»Aber wir können doch noch ein Stück weiter fahren«, wandte Eduard ein.

»Nützt nichts. Wir haben viel zu tun, wenn wir den nächsten Morgen noch erleben wollen.«

James spannte das Pferd vom Schlitten aus und führte es ans Ufer. Ratlos sah Eduard ihm zu. Sein Begleiter griff nach der Axt und begann, eine gewisse Holzart zu suchen und umzuhauen. Das war die weiße Esche, die auch grün zu brennen pflegt. Die Zweige davon trug Eduard dem Pferd zu, das sich damit begnügen musste. Sie selbst freilich hatten ein noch geringeres Abendbrot: nichts, rein gar nichts.

Bald war eine große Menge Holz beisammen. »Das reicht ja für drei Tage«, meinte Eduard.

»Morgen früh ist kein Stück mehr übrig«, schmunzelte James.

Nun ging es daran, unter einer breitarmigen Tanne das Nachtlager zu bereiten. Zuerst schlugen sie den Schnee von den Zweigen, damit er nicht vom Feuer schmelzen und ihnen als Wasser ins Gesicht tropfen möchte. Dann scheiteten sie das Holz auf. Bald fing es an zu brennen und beleuchtete die schneebedeckten Bäume umher. Danach legte James ein paar Tannenzweige zwischen Feuer und Baum auf den Schnee. Das war die Matratze. »Machen Sie alles einfach genauso wie ich«, sagte er, breitete auf den Tannenzweigen seine Büffelhaut aus, rollte sich bis über den Kopf hinein, und war bald eingeschlafen.

*So legt euch denn, ihr Brüder,*
*In Gottes Namen nieder,*
*Kalt ist der Abendhauch …*

dachte Eduard und versuchte es ihm nachzutun. Eine langhaarige und weichgegerbte Büffelhaut ist das einzige, was vor solch eisiger Kälte schützen kann. Aber der Schlaf kam nicht. All dies war ihm noch gar zu neu. Dazu war er bald vom Boden her so durchkältet, dass er sich immer wieder wenden musste.

Irgendwann brannte das Feuer nieder.

Eduard musste aufstehen, um frische Holzscheite nachzulegen. Dabei sprangen viele hundert Feuerfunken wie Sternlein in die Luft. Das prasselte, knackte, war schön und hatte Leben in sich. Die Illumination der unterschiedlichen Baumarten durch den flackernden Feuerschein wäre sogar romantisch gewesen – in jenem Park am See etwa, in dem er seine Kindheit verbracht hatte, oder in einer lauen Sommernacht mit Ulrica am Elbufer –, doch nicht mit einem hungrig knurrendem Magen, vor Kälte klammen Fingern und klappernden Zähnen. Rasch verkroch er sich wieder unter seiner Büffelhaut.

Kurz darauf hörte er inmitten der großen Stille ferne Töne, halb klagend, halb jubelnd, immer näher kommen. Eduard richtete sich auf und öffnete die Augen. Da er außer dem Feuerschein in der Finsternis nichts sehen konnte, stieß er James an: »Was ist das?«

»Nichts«, brummte es unter seiner Büffelhaut hervor, »sind bloß Wölfe.«

»Aber werden sie uns etwas tun?«

»Nicht, wenn das Feuer brennt. Lassen Sie es nicht ausgehen!« Damit drehte er sich auf die andere Seite und ließ Eduard mit seiner Angst allein.

Zum Glück hatte James Recht. Das vor Hunger heulende Wolfsrudel verzog sich wieder, nachdem es das Feuer gesehen hatte.

Winternächte im Freien waren jedes Mal eine Herausforderung. Doch nach und nach gewöhnte sich Eduard auch daran. Nachtlager unter Bäumen im Schnee gehörten zum Winter. Mit James oder einem kundigen Indianer zur Seite, einem Feuer zu Füßen und einer guten Büffelhaut zur Hülle war es am Ende auch gar nicht so schlimm.

Wenige Wochen später war Eduard in einer anderen Welt, in einer anderen Zeit.

# Neu York 1848

»Lieber Schwager – *verzeih, dass ich Dich vorab schon so nenne – bitte verzeih mir meine Ungeduld. Hier, im neuen York, an der Atlantikküste liegt nämlich bereits der Frühling in der Luft. Doch der Dreimaster, der mir Deine Schwester bringen soll, ist immer noch nicht eingelaufen. Diesmal habe ich Zeit, mir die Stadt etwas genauer anzusehen. Hier ein kurzer Bericht:*

*Das steinerne Häusermeer ist sehr regelmäßig gebaut. Die Häuser streben machtvoll in die Höhe, leuchten marmorweiß in der Sonne und kratzen fast schon an die Wolken. Sechs bis zehn Stockwerke sind keine Seltenheit. Die Stadt brodelt und wächst so schnell wie keine andere. Überall wird gebaut, gehämmert, geklopft und gesägt. Der Krach ist entsetzlich. Die Menschen sind rastlos.* Time is money, *sagen sie, rennen in ihre Büros und scheinen tatsächlich nur in Dollars zu denken. Sie fluchen viel, spucken ihren Kautabak auf die Straße und haben stets und ständig ein lästerliches* Goddam *auf den Lippen. Eisenbahnen dampfen hier sogar in den Straßen, ein Gewimmel von Pferdefuhrwerken und Kutschen, dass ich ständig auf der Hut sein muss, nicht überfahren zu werden. Bei all dem Gerempel und Gedränge ist an ein geruhsames Flanieren nicht zu denken, und die Taschendiebe, vor denen ich immer wieder gewarnt wurde, haben es leicht.*

*Die ganze Menschheit scheint hier versammelt zu sein. Es gibt Viertel der Iren, der Italiener, der Chinesen, der Schwarzen und der Spanier. Und ein paar Straßen weiter ist es wie daheim.*

*Little Germany heißt der Stadtteil. Fünfzigtausend Einwohner aus allen deutschen Ländern, halb so viel wie in Köln, haben hier eine neue Heimat gefunden. Deutsche Zeitungen, deutsches Bier und deutsche Würste findest du an jeder Straßenecke. Aber auch deutsche Kirchen, deutsche Biergärten, deutsche Gesangs- und deutsche Turnvereine. Deutsche Anwälte und deutsche Ganoven.*

*Kurz und gut: das Neue York hat sich in den letzten Jahrzehnten zu einer der größten deutschen Städte entwickelt. Und an fast jeder Straßenecke wird für die armen Verwandten in der Heimat gesammelt. Von euren Hungersnöten, Missernten und der Kartoffelfäule lese ich nahezu täglich in den Gazetten. Es haben sich inzwischen sogar Hilfskomitees für die darbenden Pfälzer gebildet, für die Hungernden im Königreich Hannover, für die notleidenden Schlesier. Und so mancher Penny der gerade erst angekommenen Neu-Amerikaner wandert in die Sammelbüchse.*

*Die Zahl der Einwanderer hat sich binnen eines Jahres nahezu verdreifacht. Die Regierung in Washington sieht diese Entwicklung nicht ohne Sorge. Die Zeitungen schüren die Angst vor einer Deutschenflut und reden von Überfremdung: »Die Hunnen kommen!« heißt es allüberall.«*

Jeden Morgen ging Eduard zum Hafen. Stand an der Mole, studierte die angeschlagenen Schiffsmeldungen. Hoffte und bangte. Denn es gab Nachricht von schwerem Sturm auf See.

*New York 1848*

Als Eduard in Frankenmuth aufbrach, war noch Schnee und Eis in den Wäldern. Auch auf dem Erie-See trieben die Schollen. Das Dampfschiff musste immer wieder den Kurs ändern und ausweichen. Doch hier im Neuen York zwitscherten und schimpften in den Parks bereits die Spatzen.

Obwohl er Ulrica das Elend und auch das Winterleid in den düstersten Farben geschildert hatte, hatte ihm die Geliebte in einem weiteren Briefe nochmals versichert, dass sie mit ganzem Herzen darauf brenne, sein Schicksal zu teilen. Kein Wort der Angst, kein Bedenken las Eduard in ihren Zeilen. Allen Gräuelgeschichten von mordlüsternen Rothäuten zum Trotz trug wohl auch sie das romantische Bild vom »edlen Wilden« im Kopf, wie es Cooper in seinem *Lederstrumpfe* so trefflich geschildert hatte.

Die meisten Einwanderer dagegen zeichneten in ihren Briefen ein völlig schiefes Bild, weil sie in den Steinwüsten der modernen Städte nicht mehr mit dem Herzen sahen. Mit blöden Augen stierten sie nur auf das offen Sichtliche, auf die Gestrauchelten und ins Elend Gestoßenen. Männer, die an den Feuern des weißen Mannes dem Teufel des Branntweins erlagen, oder Frauen, die als Squaws danebengetreten waren, wie Bemassikeh zu sagen pflegte. In der Tat machte es selbst Eduard bisweilen Mühe, unter all dem Elend die Ebenbilder Gottes wiederzuerkennen. Doch wer hatte sie denn in diesen Gossendreck herabgestoßen? Wer hatte seine roten Brüder denn verführt, gedemütigt und betrogen?

In den Wäldern sind sie anders als in den Städten, sagte Eduard zu sich selbst, wenn er einen der Ersteinwohner am Straßenrand in Lumpen betteln sah.

»Sie sind nicht besser, aber auch nicht schlechter als wir!«, meinte Pastor Maximilian Klöther, mit dem er hierüber einen heftigen und am Ende sogar verletzenden Disput hatte. Der Pastor sollte die Trauung mit Ulrica in der evangelisch-lutherischen Kapelle vollziehen und hatte Eduard aus diesem Grunde zu einem Vorgespräch in sein Büro eingeladen. Bei Tee und Nürnberger Lebkuchen plauderten sie zunächst noch recht munter und lagen auch weitgehend auf einer Linie. Doch dann kam die Politik ins Spiel.

Die Gräuelgeschichten würden von den Zeilenschindern doch nur aufgebauscht, um möglichst viele Zeitungen zu verkaufen. Selbst die übelsten Rothäute wären vergleichsweise harmlos. »Kleine Sünder gegen die Räuber und Mörder, die Tag für Tag mit jedem Schiff hierher verfrachtet werden!«

»Räuber und Mörder?«, empörte sich Eduard. »Ich habe eher den Eindruck, dass unsere Auswanderer die besten und klügsten sind, diejenigen, die Mut und Kraft haben, in der Fremde ein neues Leben zu beginnen, prächtige junge Menschen, die in der Heimat fehlen werden.«

»Nonsens, die Zeiten haben sich geändert!«, widersprach Klöther. »Die deutschen Regierungen schieben ihre Hungerleider ab, um sich Gefängnisse, Armenhäuser und Spitäler zu sparen. Tag für Tag kommt neue Not aus Hamburg und Bremen. Jammergestalten! Gehen Sie zum Hafen und schauen Sie sich doch einmal das Elend an!«

Eduard starrte den Pastor ungläubig an. Schließlich stand er ja Tag für Tag am Kai und kannte sich besser aus als der Philister in seinem gepolsterten Sessel. Also nahm er seine fränkischen Freunde herzhaft in Schutz.

Klöther dagegen redete sich immer mehr in Rage. »Auswanderer? Arme Leute? Pustekuchen!« Immer mehr Glücksritter und Goldsucher, Gangster und Ganoven kämen nach Amerika. Es wäre eine Plage und an der Zeit, dass Washington endlich härtere Kontrollen gegen die Ausländerflut …

Eduard schüttelte den Kopf, wandte ein, dass man das Herz eines jeden Menschen ergründen müsse. Und dass der Herr Jesus dem reuigen Sünder vergebe, wenn er nach dem rechten Wege suche.

»Richtig! Vergebung der Sünden. Hätte ich fast vergessen!«, Maximilian Klöther räusperte sich und legte seine Füße nach Yankee-Art auf den Tisch. »… und vergib uns unsere Schuld. Damit kommen wir zu Ihnen, Herr Kollege … Was haben Sie denn so auf dem Kerbholz?«

Der Pastor schaute Eduard prüfend an.

»Nichts gegen eine dunkle Vergangenheit! Aber … so leid es mir tut, ich kann und darf Sie derzeit überhaupt noch nicht trauen.«

»Wie bitte?«

»Ihre Papiere sind dürftig, eine Heiratserlaubnis aus Leipzig liegt nicht vor. Sie sollten sich mit der Liebe also noch ein wenig gedulden. Und überhaupt …«

Eduard fiel aus allen Wolken.

»Nichts für ungut. Ich habe da nämlich eine Abschrift Ihrer Personalakte zugesandt bekommen! Ihr Lebenslauf, nun ja … Sie erklären sich sehr nebulös, mein lieber Bruder!«

»Wie soll ich das verstehen?« Eduard spürte, wie ihm das Blut in den Kopf schoss.

»Darüber hinaus: Polizeilich sind Sie uns als ein *Mr. Edward Raimund from Chicago* avisiert worden …«

»Unfug. Irrtum. Wer sagt das?« Eduard konnte sich solch einen Eintrag beim besten Willen nicht erklären.

»Amtliches Dokument. Büro des Sheriffs von Saginaw-City. Aber gut. Die Hinterwäldler dort sind in der Tat etwas nachlässig … bisweilen …«

Pastor Klöther rückte seine Brille zurecht, blätterte in der Akte.

»Aber auch aus Ihrer missionarischen Bewerbung, Bruder *Eduardus Raimundus*, erfahren wir lediglich, dass Sie einst ein Papist waren und aus einem finsteren polnischen Walde stammen. Wie soll ich mir das vorstellen? Findelkind? Moses? Wolfsmensch? Kaspar Hauser?«

»Ich bitte Sie!«

»Ja, ja, keine Bange. Schwerwiegender ist ihr Adelsverlust.

Was haben Sie sich da denn Übles zuschulden kommen lassen? Kein Wort über ein schwerwiegendes Delikt …? Ihr Vater, der Graf von Fels …«

»Ich habe keinen irdischen Vater!« Empört sprang Eduard auf und wandte sich zur Tür. »Durch unseren Herrn Jesus Christus wurde ich neu geboren. Was davorlag, geht niemand etwas an! Gott zum Gruß, Herr Pastor!«

Erregt trieb Eduard durch die Straßen. Er war einfach davongelaufen, hatte die Tür zugeknallt. Da war sie wieder, die alte Wut, die er immer noch nicht zu beherrschen vermochte! Sie schäumte hinter seiner Stirn und trieb ihm den Schweiß aus den Poren. Sein Herz pochte bis zu den Schläfen hinauf.

Er wusste nicht, wie viele Quadrate er umlaufen hatte, als er sich allmählich beruhigte, aber er war noch immer in *Germantown*. Wie überall waren auch hier die Mauern und Bretterzäune mit Anschlägen und Plakaten zugekleistert, Einladungen zu Hunde- und Pferderennen, zu Tanzvergnügen oder Boxkämpfen, aber auch Steckbriefe, auf denen es **DRINGEND GESUCHT** statt **WANTED** hieß und Belohnung für die Ergreifung eines Revolverhelden oder eines adeligen Hochstaplers angeboten wurde. In einer Seitengasse, in der gerade Markt war, lief ihm ein geradezu verzweifelt quiekendes Schwein entgegen. Fast hätte es ihn umgerannt. Wahrscheinlich war es auf der Flucht vor dem Metzger. Eduard musste in den Rinnstein ausweichen. Und trat in allerlei Unrat.

Kaum in Amerika, hatten sich seine Landsleute schon den Brauch des verächtlichen Ausspuckens angewöhnt. Jetzt war auch ihm danach zumute.

In den folgenden Tagen, während er weiter auf das verspätete Schiff wartete, wurde seine Wut allmählich kälter. Eduard änderte seine Pläne und beschloss, die Trauung mit Ulrica in Detroit von einem befreundeten Pastor der Michigan-Synode vornehmen zu lassen. Er bestellte das Hochzeitszimmer im Hotel und die St. Lukas-Kapelle samt Pastor Klöther wieder ab. Es bedurfte nur weniger Schnellbriefe und das Aufgebot war neu bestellt. Auch wenn er sich jetzt tatsächlich als ein *Mr. Edward Raimund from Chicago* eintragen lassen musste.

Im Hafen von Neu York herrschte ein beständiges Kommen und Gehen, Schiffe aus allen Erdteilen liefen ein und aus. Darunter prachtvolle Windjammer mit vier Masten und farbigen Segeln und Fahnen.

Eduard liebte das geschäftige Treiben in diesem Wald aus turmhohen Masten, an denen bunte Wimpel im Winde knatterten. Da war selbst am Sonntag keine Ruhe, wurde ein- und ausgeladen, hier der Anker eines Dreimasters geworfen, dort ein Anker gelichtet, wurden Segel gerafft oder gesetzt. Lotsen gingen lachend an Bord, besorgte Passagiere wurden an Land gerudert, dichte Menschentrauben erwarteten die Neuankömmlinge. Dazwischen rumpelten die Karren der Händler und der Gepäckträger, schrie es »Hoh!« und »Heh!« von Mastkorb zu Mastkorb.

Ein wahrhaft babylonisches Sprachengewirr war zu hören. Unter den Matrosen, aber auch unter den Hafenarbeitern fanden sich Menschen aus aller Welt, zumeist aber Schwarze und Chinesen.

Irgendwo in diesem Gewühl, in einem der Boote würde sie bald zwischen ihren Koffern stehen, sie, die er monatelang sehnend im Herzen getragen, sie, nach der er sich seit Tagen vergeblich die Augen ausguckte, in einem weißen Kleid, mit weißen Handschuhen und mit ihrem seidenen Schirm: Ulrica. Und langsam ergriff ihn eine bange Unruhe. Denn die *Caroline* aus Bremen war seit gut zwei Wochen überfällig.

Gerüchte machten die Runde. Irgendetwas schien nicht zu stimmen.

Die Alte Welt sei aus den Fugen geraten, wurde gemunkelt. Mit jedem Schiff trafen neue Meldungen ein, aufregende Nachrichten, die speziell die europäischen Einwanderer in Unruhe versetzten.

Alles war sehr widersprüchlich. Aber eins stand fest: In Frankreich war im Februar erneut eine Revolution ausgebrochen. Die Bürger von Paris hatten Barrikaden errichtet und kämpften zum dritten Mal für Freiheit, Gleichheit und Brüderlichkeit. Das begeisterte vor allem die französischen Amerikaner. Unentwegt sangen sie die Marseillaise, brüllten in einem fort: *An die Laterne mit den Geldsäcken, fort mit Louis Philippe!* Und tatsächlich: Ein paar Schiffe später hatten die Pariser ihren König schon verjagt. Und sofort breitete sich wie ein Flächenbrand die Revolution über ganz Europa aus.

Die Reedereien machten gute Geschäfte, denn jetzt verkauften sie zusätzliche Tickets. Erhoben hatten sich inzwischen auch die jungen Menschen in Berlin, in Dresden, in Wien. In allen Metropolen tobten die Kämpfe. Jetzt transportierten die Auswandererschiffe auf der Rückreise nicht nur Baumwolle und Tabak nach Europa, sondern auch junge freiheitsdurstige Männer. Fast alle wollten, als sie vom Erfolg der Barrikadenkämpfer hörten, schnellstmöglich in die Heimat zurück. Junge Polen, Ungarn, Italiener und Deutsche kauften Colts und Gewehre, und träumten davon, bald schon die Fürsten aus dem Land zu jagen und in der Heimat die *United States of Europe* zu erkämpfen.

Den Zeitungsjungen wurden die Blätter aus den Händen gerissen. Es gab Morgen-, Mittags- und Nachtausgaben und manches Extrablatt. *König auf der Flucht. Barrikaden in Berlin. Fürsten verjagt.*

In ganz Europa wollten sich die Menschen die Misswirtschaft und Unterdrückung nicht länger gefallen lassen. In allen Sprachen schimpften die Neu-Amerikaner in Bierhäusern, Trattorien und Bistros auf Kaiser, König, Edelmann. Die Polen aber ganz speziell auf den Zaren und den Preußenkönig, die ihr Land geraubt und unter sich aufgeteilt hatten. Eduard dachte an seine Seminargefährten und Schulkameraden in Posen. Aber auch an seine älteren Brüder, die als Offiziere bei der Armee waren. Würden sie jetzt auf seine polnischen Freunde schießen müssen?

In einem bayerischen Bierkeller musste sich Eduard zu Eisbein mit Sauerkraut allerlei wütende Parolen anhören. »Nieder mit dem Adelspack! Weg mit den Juden! Schluss mit der Pfaffenwirtschaft!«

Es gäbe bald ein Parlament, eine Republik und eine richtige Volksherrschaft, denn die Arbeiter, Handwerker und Bauern hätten endlich ihre Ketten abgeworfen. In Zukunft könne ein jeder in seiner Heimat bleiben und keiner müsse mehr aus Not ins Ausland gehen. Seltsamerweise berührte Eduard das alles nur wenig. Mit der Politik hatte er abgeschlossen. Der alte Kontinent lag weit hinter ihm.

Seine Zukunft hieß Bethany und seine Seligkeit Ulrica.

Dann aber holte ihn kurz vor dem glücklichsten Moment seines Lebens die Vergangenheit doch noch einmal wieder ein. Das Grauen, das er endlich hinter sich gelassen zu haben gehofft hatte.

Eigentlich wollte Eduard in seiner Vorfreude auf die für diesen Nachmittag angekündigte Bremer Bark nur einer armen polnischen Familie helfen. Einem Häufchen Elend, das sich auf einem Pflastersteinhaufen am Straßenrand jammernd niedergelassen hatte. Der Mann, die Frau, die Kinder dauerten ihn. Als er die vertrauten slawischen Laute hörte, fragte Eduard, ob er irgendwie helfen könne.

»Ich bin auch ein Pole«, sagte er, doch der Mann sprang auf und blitzte ihn wütend an.

»Ein Pole? Dass ich nicht lache. Mörder! Adelspack! Blutsauger! Herr von Felszeck. Ich kenne Ihre Brut! Wissen Sie, was ich gern täte? Ohrfeigen möchte ich Sie! Ohrfeigen!«

Eduard erbleichte. Und plötzlich fiel es ihm wie Schuppen von den Augen: Pawel, ein Freund aus dem Kommunionsunterricht in Sierakowice. »Um Gottes willen, Pawel, wofür?«

»Hast du das wirklich vergessen, du Hund? Für alles, was dein Herr Vater den Meinigen angetan hat!«, schrie sein Gegenüber. Seine Zornesader schwoll, die Augen drohten aus den Höhlen zu kippen.

Eduard erbleichte. Ein schreckliches Bild stand vor seinen Augen.

Der Mann im Baum. Nur bruchstückhaft erinnerte er sich.

Elf Jahre war er damals alt. Im Hungerwinter. Der Graf wollte ein Exempel statuieren, als seine Jäger den gefassten Wilddieb zum Hängen führten, mussten alle dabei sein. Auch der Priester mit den Messknaben. Weihrauch duftete. Glöckchen bimmelten.

Janusz, der Wilddieb.

Der Gutsverwalter verlas das Urteil der preußischen Provinzregierung.

Jagd-, Fisch- und Holzfrevel zum wiederholten Mal. Zwei Hasen hatte Janusz gefangen.

Sein Vater unterschrieb das Todesurteil. Danach der Trommelwirbel. Der älteste Bruder hielt ihm die Augen zu.

Als Janusz am Ast hing, summten die Dorfbewohner ihre Freiheitshymne *Noch ist Polen nicht verloren!*

Leise und drohend.

Mehr erinnerte er nicht.

Eduard trat zu Pawel und hielt ihm die Wange hin.

»Bitte, du kannst dich bedienen!«

»Ja, das will ich tun für meinen toten Vater!«, schnaubte Pawel. »Rache!«

Er holte aus.

»Nein, nein!«, schrie seine Frau und fiel ihm in den Arm.

Pawel ließ die Hand sinken und blickte zum Himmel. »Vater, verzeih mir«, murmelte er. Dann wandte er sich ab und vergrub sein Gesicht in den Händen.

Seine Frau schmiegte sich tröstend an ihn.

Eduard stand wie angewurzelt, war ratlos, wollte irgendetwas tun und wusste nicht was. Gern hätte er den Backenstreich von Pawel empfangen und körperlich seine Wut gespürt. Sicher hätte es dem Jugendfreund geholfen und vielleicht sogar einen neuen Anfang ermöglicht. »Es tut mir unendlich leid!«, sagte er schließlich. »Auch ich habe keinen Vater mehr!«

Eduard kramte in seiner Jackentasche, fand eine alte Visitenkarte, strich das *von Felszeck* durch und fügte mit Bleistift seine Frankenmuther Adresse hinzu. »Ich bin für ewig in deiner Schuld!«

Da Pawel ihm abgewandt blieb, schob er die Karte seiner Frau zu. »Wann immer Sie Hilfe brauchen … ich bleibe sein Schuldiger!«

In diesem Moment tutete das Horn des Schleppdampfers, der die Bremer Bark an den Landeplatz lotste.

Eduard stürmte zum Kai, sah, wie die ersten Passagiere in den Beibooten an Land gerudert wurden.

Und vergessen war vieles, als er Ulrica entdeckte, und alles, als er sie in die Arme schloss.

Gemeinsam im Glück ihrer erneuerten Verliebtheit fuhren sie zu den Niagara-Fällen. Mit dem Dampfross, wie zwei Touristen. Jetzt im Frühjahr waren die stürzenden Wasser wirklich gewaltig. Ihr schäumendes Getöse ließ die Liebenden verstummen. Ulrica brach in Tränen aus, drückte sich zitternd an ihn, schluchzte und fand keine Worte. War es das Naturwunder oder etwas anderes?

Eduard fragte sie nicht.

In Detroit erwartete beide ein sündhaft teures Hotel. Zwar hatte der Pastor, der sie traute, großzügig Quartier in seinem

Haus angeboten. Aber ein jungvermähltes Paar in den Flitterwochen hat eigene Ideen.

Am Morgen nach der Hochzeitsnacht, während seine Braut, pardon: Ehefrau, noch ausschlummerte, griff Eduard zu Papier und Feder, um einen weiteren schändlichen Brief nach Leipzig zu schreiben.

Ulrica lag in den zerwühlten Kissen ihrer ersten gemeinsamen Nacht, ihr Goldhaar verklebt auf geröteten Wangen. Ein Engelsgesicht und Eduard war versucht, sie wachzuküssen.

Doch hatte er Unaufschiebbares zu tun. Reichlich verspätet teilte er der Missionsgesellschaft sein Eheglück mit und stellte den Herrn Direktor vor vollendete Tatsachen.

Er war verheiratet.

Ulrica Barbara. Diese beiden Worte standen für ein unbeschreibliches Glück. Und die ganze Seligkeit zweier Brautleute, der neun Monate danach ein leibhaftiges Gottesgeschenk folgen sollte …

Fürs erste jedoch gab es eine schmerzliche Trennung der Liebenden. Für einige Wochen musste Eduard Ulrica noch in Frankenmuth zurücklassen. Bei Pastor Craemer und Dorothea war sie gut aufgehoben, während er in den Urwald zurückeilte, um für Ulrica Barbara ein Haus zu erbauen.

*Bethany*, Haus des Elends, hatte Eduard auf Hebräisch die Siedlung getauft, welche die Chippewa *Shinguagonshkom* nannten. Denn die Armut und Not waren hier besonders groß. Und gerade deshalb sollte Bethany ihm bald schon der liebste Ort auf Erden sein.

*Bethany am Pine River*

Ein festgefügtes Holzhaus zu errichten, erfordert den Schweiß vieler tüchtiger Männer. Zum Glück hatten einige Kolonisten aus Frankenmuth ihre Hilfe angeboten.

Etliche Föhren wurden gehauen, die Stämme eingekerbt und im rechten Winkel übereinander gefügt. Das Dach wurde mit Schindeln gedeckt.

Neugierig, als wollten sie es selbst erlernen, schauten einige Chippewamädchen den fremden Männern bei der Arbeit zu. Nur Shania hatte sich zurückgezogen.

Das fertige Blockhaus bot gut sechzig Quadratmeter im Inneren. An einem Ende wurden ein Kamin und ein Rauchfang angebracht und der Raum in zwei Teile geteilt. Der kleinere diente privaten Zwecken, als Schlaf- und Studierzimmer. Der größere dagegen war alles in allem: Vorrats- und Speisezimmer, Wohn- und Besuchsraum. Hier sollte gekocht und gebacken, aber auch Schule gehalten werden. Und am Sonntag der Gottesdienst.

Viele Besucher fanden sich ein. Am meisten staunten die Indianer über den Feuerherd. Das Feuer brannte so lustig, und doch verqualmte der Rauch nicht den Raum und die Augen der Eintretenden wie im Wigwam, sondern zog friedlich zum Dach hinaus. Neugierig gingen die Männer zuerst zum Feuer und sahen die Esse hinauf.

Jetzt endlich konnte Ulrica kommen.

Als Häuptling Bemassikeh sah, dass alles gut war, stellte er Eduard einige seiner Männer mit ihren Kanus zur Verfügung, damit er Ulrica und ihren Hausrat nach Bethany heimholen konnte. Und als er die Geliebte über die Schwelle ihres neuen Hauses hob, war sein Glück perfekt.

Wenige Tage später begann der Schulunterricht. Es kamen zunächst einmal zwanzig Mädchen und Knaben. Manche hatten ihre Hunde dabei. Und starrten den Schulmeister aus großen Augen an.

Tische und Bänke waren nicht vorhanden. Daher saßen seine Schülerinnen und Schüler anfangs auf Kisten oder dem lehmigen Boden umher. Auf die Dauer war das natürlich kein Zustand. Zusammen mit James begann Eduard Bäume zu spalten und einige plumpe Sitzbänke und Tische zu fabrizieren.

Die größte Kunst aber war es, die Kinder überhaupt erst einmal ruhig und zusammen zu halten. Und dies alles mit freundlichen Worten und ohne Strafandrohung.

Ihren Schulraum nannten die Kinder *kikinoamading* und waren sehr stolz darauf. Zuvor hatten sie bereits im Wigwam des Häuptlings oder im Freien miteinander das ABC gelernt und die Buchstaben aus kleinen Stöckchen und Steinen zusammengesetzt.

Zu den Unterrichtsstunden kamen die Mütter mit. Sie wären ebenfalls sehr lernbegierig, dachte Eduard erfreut. Irgendwann fiel ihm jedoch auf, dass er kein einziges Mal mit seinen Schülern allein war. Also fragte er Shania, ob sie ihm denn nicht zutrauten, mit den Kindern allein fertig zu werden. Die junge Witwe, die ihren kleinen Sohn begleitete, sah den Missionar prüfend an.

»Ja, Mekadekonjeh, das ist richtig. Wir haben nämlich gehört, dass die Lehrer in den Missionsschulen den Kindern die Haare abschneiden und sich Stöcke aus Rohr machen, um sie zu schlagen.«

Eduard musste schmunzeln. Natürlich, das war die Regel. Kein Schulmeister trat unbewaffnet vor seine Schüler.

»Ja und?«, fragte er.

»Wir Frauen dulden es aber nicht, dass der Stärkere einen Schwächeren schlägt. Deshalb passen wir auf, dass du nicht die Ehre unserer Kinder verletzt.«

Eduard erwiderte, dass er keinen Rohrstock benötige und nicht im Traume daran dächte, jemals ein Indianerkind zu schlagen.

»Gut so, Mekadekonjeh«, lächelte Shania. »Sonst hätten wir nämlich ganz gewaltig auf dich zurückgeschlagen!«

Der Schulraum ermöglichte mehr Ruhe im Unterricht. Nach und nach machte Eduard den Müttern klar, dass es dem Lernen nicht dienlich war, wenn sie im Hintergrund rauchten, schwatzten, hin und her liefen, die kleinen Säuglinge schreien ließen oder an die Brust legten. Mit der Zeit wurde es ruhiger. Und schließlich verbannte er auch die Hunde aus dem Raum.

# Wilde Weihnacht

»*Beim Gottesdienst sitzt Jung und Alt, Groß und Klein durcheinander auf Bänken und auf der Erde. Die Knaben machen ihre Streiche, die kleinen Kinder spielen und schreien laut auf, worauf die Mütter sie dreimal so laut zur Ruhe rufen.*

*Noch predige ich in Englisch und James, mein Dolmetscher, übersetzt Satz für Satz in die Ojibwa-Sprache. Während der Predigt plaudert hier eine Nachbarin mit der anderen, während sich dort ein graues Haupt mit Stahl und Stein ein Tabakpfeifchen entzündet. Und während nun der eine gemütlich seine Friedenspfeife schmaucht, fordert ein anderer laut Feuer von ihm, und ein dritter steht auf und sucht sich welches auf dem Feuerherde. Inzwischen kommen auch die Männer ins Plaudern und die Kinder beginnen herum- und hinauslaufen. Und so geht es fort von Anfang bis zu Ende.*

*Und wenn endlich nach ernster Ermahnung die gewünschte Stille eintritt und ich zu hoffen anfange, dass die Predigt fortgesetzt werden kann, so steht plötzlich ein alter Mann auf, reicht mir die Hand und schüttelt kräftig die meine – zum Zeichen, dass er in*

*Frieden seine Meinung sagen wolle. Dann hebt er die rechte Hand und erklärt feierlich, er habe überhaupt nichts dagegen einzuwenden, dass ich jetzt unter ihnen wohne, aber meinem Rate werde er trotzdem niemals folgen.*

*Oder auf die Frage, ob man mich verstanden habe, gab ein anderer Alter die Antwort: O ja, ich hab's wohl verstanden; aber es ist langweilig. Derlei ist nicht sehr ermutigend.«*

… berichtete Eduard in der Leipziger Missionszeitung über seine ersten Gottesdienste.

Es war gut, dass Ulrica ihm jetzt zur Seite stand, ihn tröstete und über Schwierigkeiten hinweghalf. Auch mit den Indianern kam sie gut zurecht.

Im Frühjahr schaute sie Bemassikehs Leuten beim Fischfang zu.

Wenn die meterlangen Störe zu Tausenden aus dem Huronsee den Pine River zum Laichen hinaufzogen, lagen nicht nur die Braunbären auf der Lauer. Auch Bemassikehs Männer warteten mit langen zweizackigen Speeren in ihren Kanus auf die köstliche Beute. Denn Fisch ist eines der Hauptnahrungsmittel der Stämme an den Großen Seen.

Ein besonderer Spaß war es jedes Mal, wenn ein aufgespießter Stör mit dem Speer, dem sich daran festklammernden Indianer und dem Kahn durchging. Dann gab es großes Gelächter und Geschrei unter den Zuschauern am Ufer.

Der Fang war außerordentlich reich. Ein Großteil wurde getrocknet und geräuchert aufbewahrt. Der kostbare Kaviar dagegen blieb zu Ulricas Kummer haufenweise liegen und niemand beachtete ihn. Aber in der Wildnis gab es ja auch keine Austern, keinen Champagner und keine Walzermusik.

Ulrica schaute den Indianerfrauen auch bei der Mais-, Kürbis- und Zuckerernte zu, bewunderte ihre Fertigkeiten, begleitete sie auf der Suche nach Kräutern, Pilzen und Blaubeeren in den Wald. Da sie sich für keine Arbeit zu schade war und ihrerseits mit ihren Nähtalenten aushalf, war sie bald allseits geachtet und in den Kreis der Frauen aufgenommen. Bemassikehs Frau war bald ihre beste Freundin, und ihre Töchter Takeetah und Shania nannten sie erst *weiße Schwester,* und später sogar *Ningae*, das bedeutet *Mutter*.

> Seit Jahrhunderten verlief das Leben der Indianer ruhig und ungestört. Der Mann versorgt seine Familie mit Wildbret und Fischen. Er ist der Jäger. Die Frau erntet im Herbst den Mais und macht im Frühjahr viel Sirup und Zucker. Außerdem baut sie die Wigwams und errichtet die Zelte. Die Frau gerbt die Felle der Hirsche, und zwar nur durch Wasser, Rauch und Handarbeit. Das gegerbte Leder verarbeitet sie zu Mokassins für sich, ihren Mann und die Kinder. Die Schuhe werden aufwändig gestickt und prächtig verziert. Zudem hat sie die Kleidung für die Familie zu nähen. So fehlt es nicht an Arbeit, doch stetige Arbeit tut gut und lässt für üble Laune wenig Zeit.
> Auch beim Zuckermachen geht es fröhlich her. Die Frauen und Kinder ziehen in die Wälder. Dort werden die Ahornbäume mit einem kräftigen Axthieb angezapft und der gesammelte Saft wird in einem großen Kessel über dem Feuer eingekocht, bis er einen süßen braunen Mehlzucker abgibt.

> Dieser wird in verzierte Kästen aus Birkenrinde verpackt und bei den Händlern in Saginaw eingetauscht. Dafür bekommt die Indianerfrau Stoffe und allerlei Hausrat, aber kein Geld. Denn das nutzt ja auch nichts im Urwald.
>
> Für ihre Kinder gießen die Frauen hübsche Figuren aus dem Ahornsirup: Schildkröten, Hasen, Bären und dergleichen. Diese Zuckerlutscher werden auch gern an Besucher verschenkt.

Selten sahen Ulrica und Eduard eine traurige oder gar grämliche Indianerin. Die schwere Arbeit betrachten sie nicht als Last, sondern als Ehrensache. Und manche Frau fühlt sich dabei insgeheim sogar dem Manne überlegen.

> Trotzdem herrscht auch im Wigwam nicht immer Sonnenschein. Aber zu Zank und Streit kommt es nur selten. Denn bevor ein Unwetter ausbricht, greift der Mann nach seinem Gewehr und geht still hinaus auf eine ferne Jagd. Wenn er dann nach acht Tagen mit seiner Beute zurückkommt, ist die Liebe wieder frisch und jung wie am ersten Tag. Die Frau freilich kennt dieses Fluchtmittel und lässt es nur selten so weit kommen.
> Im Grunde sind die Chippewa-Frauen sehr selbstbewusst und selbstständig. Wenn es die Not erfordert, können sie alles. Sogar eine Rede halten.

»Ein Mann ohne Frau ist nur ein halber Mensch!«, sagte Shania einmal während der Ernte zu Ulrica. Allerdings seufzend und, ohne sie anzuschauen, hatte sie hinzugefügt. »Und eine Frau ohne Mann ist auch nur ein halber Mensch!«

Eines Abends, als alle Männer auf der Jagd waren, marschierte die ganze Frauenschar wie in einer Prozession auf das Blockhaus des Missionars zu. Überrascht traten Eduard und Ulrica vor die Tür.

Bemassikehs Tochter war die Wortführerin. Shania trat aus der Frauenschar hervor und wandte sich mit ernster Miene an Eduard:

»Weißer Bruder Schwarzer Rock, du siehst vor dir eine Schar unwissender Weiber. Denn unsere Männer sind weit weg auf der Jagd … Nun haben wir heute Nachricht erhalten, dass man uns von unserem Land an der Biegung des Flusses vertreiben will. In diesen Tagen soll es bereits an die Weißen versteigert werden. Wir wissen nicht, ob das wahr ist, aber es macht uns große Angst. Und darum haben wir es gewagt, vor dem Mekadekonjeh zu erscheinen und Rat und Hilfe zu erbitten!«

Eduard beruhigte die aufgeregten Frauen und sagte, dass dies wohl ein Missverständnis sein müsse. Er wolle aber gleich morgen früh nach Saginaw reiten und sich erkundigen. Das tat er denn auch, ritt voller Sorgen den weiten Weg hinunter in die Stadt und sprach mit dem zuständigen Regierungsbeamten.

Der Agent im Land Office sprach von einer Gesetzesänderung, nach der es sich bei Bethany und anderen Indianersiedlungen nach neuerem Recht nicht um Eigentum, sondern lediglich um gepachtetes Land handele. Jahrelang sei der Zins ausgesetzt gewesen, jetzt sei er fällig. Jetzt müsse das Land zurückgegeben oder nachgezahlt werden.

Eduard war wie vom Donner gerührt. Als der Agent seine Verzweiflung sah, suchte er einzulenken.

All dies beträfe doch nur die Indianer. Er selbst brauche sich keineswegs zu sorgen, denn die vierzig *Acres*, die Pastor Crämer einst am Pine River für Schule, Pfarrhaus und Kirche im Auftrag der Kirche erwarb, seien ordentlich gekauftes Land und in keiner Weise bedroht. Außerdem gäbe es für das Indianerland derzeit noch keinen ernsthaften Interessenten.

»Nicht? Was dann?«, fragte Eduard.

»Nur eine Anfrage von zwei Händlern. Wegen einer Niederlassung.«

Daher also wehte der Wind. Seine alten Feinde ließen nicht locker.

»Sie sehen, Herr Missionar, Ihr Wirken hat Erfolg. Kirche, Schule, Blockhausbau – die Zivilisation rückt näher.« Der Agent rieb sich die Hände.

Eduard erbleichte, sprang auf und schüttelte unwillig den Kopf. »Wie stellen Sie sich das vor? Eine Gemeinde ohne Menschen?«

Indianer wären nun mal Nomaden, erwiderte der Agent, Waldmenschen ohne Heimat, ohne Ziel.

»Das ist nicht wahr! Unfug!«, protestierte Eduard vergeblich und forderte Einblick in die Verträge.

Der Agent klappte lächelnd den Aktendeckel zu und faltete die Hände. »Nichts zu machen. So ist die Rechtslage. Gehen Sie nach Washington!« Am Rande der Verzweiflung erklärte Eduard schließlich, in allen Fällen für seine Indianergemeinde einzustehen und zu haften – notfalls auch mit privatem Vermögen. Der Agent war damit vorerst zufrieden und versprach, etwaige Anträge der Händler abzulehnen. So konnte Eduard am nächsten Tag erleichtert zurückkehren und die besorgten Frauen fürs Erste beruhigen. Aber war es wirklich eine frohe Kunde?

Dunkle Wolken waren über Bethany aufgezogen.

Häuptling Bemassikeh war, als er meinte, ein wenig Land für seinen Stamm zu erwerben, auf die übelste Weise hereingelegt worden. Wahrscheinlich hatte man im Land Office insgeheim sogar darüber gelacht, dass der Häuptling das wenige Geld, das er vom Büro für Indianerbelange erhielt, für 470 *Acres* wertloses Land hergab. Damals, 1839, war das Stück Urwald ja auch noch nicht interessant für Siedler. Zehn Jahre später jedoch sah die Welt auch hier ganz anders aus.

Seinem weißen Bruder und Freund gegenüber hatte Bemassikeh oft geäußert, wie froh er sei, dass wenigstens die kleinen Grundstücke an der Biegung des Flusses noch ihm und seinem Stamm gehörten. Er war felsenfest davon überzeugt, jetzt könne keiner seiner Familien mehr von den Soldaten über den Mississippi vertrieben werden.

Damals hatte er mit den anderen Indianerhäuptlingen auf ein Königreich verzichtet. Doch das Geld, das er dafür erhielt, reichte am Ende nicht einmal aus, um zwei Quadratmeter für sein Grab zu bezahlen.

Eigentlich sollte der herbstliche Ritt nur eine kurze Unterbrechung seines jungen Eheglücks sein. Eine hessische

Farmersfamilie im Grenzgebiet hatte ihn zur Taufe ihres ersten Sohnes gebeten. Für Ulrica und Eduard aber wurde es eine schwere Prüfung.

Die Krankheit, die ihn so fern von der schwangeren Ulrica befallen hatte, war eine ernste Sache. Denn es war Spätherbst, und die Flüsse im Steigen. Dazu trat Frost ein, der Eisgang begann. Nach dem Tauffeste musste er also eilen, um heil zurückzukommen. Doch das Durchreiten mehrerer Flüsse wurde zur Lebensgefahr. Von Fieber und Atemnot geplagt, konnte er sich zitternd kaum noch aufrechthalten und drohte vom Pferd zu fallen. Zum Glück entdeckte er an jenem Abend ein einsam gelegenes Farmhaus. Doch lag es am anderen Ufer des Flusses. Eduard hatte keine Wahl und wagte sich erneut in das frostige Nass hinein. Seine Stiefel reichten bis an die Lenden, dennoch schöpften sie Wasser. Aber sein treues Tier trug ihn hindurch und hielt vor dem Blockhaus. Eine alte Frau nahm ihn freundlich auf und bettete ihn an den Feuerherd. Eduard konnte vor Schmerzen nicht liegen, sondern hockte nach vorn gebückt die ganze Nacht am Feuer. In seiner Heimat nannte man dies Leiden einen Hexenschuss.

Beständig musste er dabei an Ulrica denken und die Sorgen, die sie sich seinetwegen jetzt wohl machte. Denn bereits im achten Monat trug sie sein erstes Kind unter dem Herzen. Ganz allein unter den Chippewa ängstigte sie sich sehr, zumal, wie er später erfuhr, die Händler gerade mal wieder das Gerücht verbreitet hatten, dass die Indianer alle Missionare totschlagen wollten.

Eduard dachte im hitzigen Traum sogar daran, sich zwischen zwei Pferde binden zu lassen, um möglichst rasch heim zu gelangen; aber im Wald gab es keine Wege, auf denen zwei Pferde hätten nebeneinander gehen können.

Am vierten Tage besuchte ihn Pastor M. an seinem Krankenbett, wusste aber auch keinen Rat. Doch schrieb er in Eduards Auftrag einen Brief an Ulrica und sandte einen Indianer mit seinem Pferd als Boten nach Bethany.

Als Ulrica sein Pferd mit dem fremden Reiter kommen sah, blieb ihr vor Schreck fast das Herz stehen. Und als der ihr auch noch einen Brief, von fremder Hand geschrieben, übergab, verhüllte sie ihr Angesicht und wollte ihn gar nicht erst öffnen. Endlich tat sie es doch und fand zum Glück am Rande noch einige mit Bleistift geschriebene Worte von Eduards Hand.

So wusste sie wenigstens, dass er noch am Leben war.

Es dauerte noch ein paar Tage, bis das Fieber sank. Eduard ließ sich von seinem Gastgeber auf sein Pferd heben und klammerte sich am Sattel fest.

Wie oft er auf dem Wege auch matt ward und schwankte, hielt er sich doch auf dem Pferde. Jetzt plagten ihn Tagträume von plündernden und mordenden Desperados.

Herumziehende Sektenprediger hatten das Gerücht verbreitet, Eduard wäre gar kein richtiger Missionar, sondern ein Mörder, der seinen Vater erdolcht und Christus ans Kreuz geschlagen habe. Jetzt wolle er nichts anderes, als junge Indianerkrieger für die Revolution in Europa werben, um sie gegen die Könige ins Feld und in den Tod zu führen. Andere seiner christlichen Konkurrenten behaupteten frech, Eduard wäre der Vorbote und Späher eines deutschen Auswandererheeres, das die Indianer mit Stumpf und Stiel vernichten wolle.

Sicher würde in Bethany keiner auf solche Horrormärchen hereinfallen. Doch bei entfernteren Stämmen war dies zu befürchten.

Vor allem aber bangte es ihm um seine junge Frau.

Kurz vor Abend erblickte Eduard von fern sein Blockhaus. Aber beruhigt war er erst, als er den Rauch aus der Esse aufsteigen sah. Nun konnte er darauf rechnen, dass auch seine Gefährtin noch am Leben war.

Sehr früh kam der Winter. In diesem Jahr war er besonders streng. Die Chippewa holten ihre Schneeschuhe hervor und banden sie an die Füße. Diese große und doch leichte Fläche an den Füßen verteilt das Gewicht und verhindert das Versinken im Schnee, so dass man darüber hingehen kann, wie tief er auch sein möge.

Eduard wollte es sich von seinen Schülern beibringen lassen, doch der Gang auf Schneeschuhen ermüdet sehr, und nur Indianer wissen geschickt auf ihnen zu laufen.

> Für die Jäger aber sind sie unentbehrlich. Doch manchmal hilft auch alles Laufen nichts. Hungrig zieht der Indianer in den tiefen Schnee hinaus und läuft tagelang, ohne irgendetwas zu erjagen. Matt und ausgezehrt warten Frau und Kinder im Wigwam und liegen krumm vor Hunger und Kälte. Lang und hart sind die Winter in den schier endlosen Wäldern, und immer wieder verhungern oder erfrieren viele Menschen in dieser Zeit.
>
> Was es heißt, einen Winter zu durchleben, weiß nur ein Indianer. Darum zählt er sein Leben nicht nach Jahren, sondern nach den Wintern, die er zu überleben imstande gewesen ist.

Auch Eduard mit seinen erst neunundzwanzig Wintern sollte noch davon erfahren. Und in eisige Lebensgefahr geraten.

Um besser Schule und Gottesdienst halten zu können, hatte sich Eduard die Sprache der Chippewa leidlich beigebracht und zwar ohne Bücher, nur mit Hilfe von James und seinen Schülern. Dabei wurde viel im Dunkel umhergetastet, gestikuliert, grimassiert, gerätselt und gelacht, bis der richtige Ausdruck gefunden war.

Doch gab es noch ein weiteres Problem.

Die Frankengemeinden verstanden sich als deutsche Kolonien, in denen nicht nur am lutherischen Glauben, sondern auch am fränkischen Brauchtum und am fränkischen Dialekt festgehalten werden sollte. Alles Englische und Amerikanische war verpönt. Deutsch war die Sprache, in der auch die Indianer unterrichtet werden sollten.

Doch was nutzte den Mädchen und Jungen die deutsche Sprache in Amerika? Das Natürlichste war doch, dass die Erstbewohner des Landes zunächst einmal ihre eigene Sprache lesen lernten, um darauf später vor allem das Englische aufzubauen.

Eduard war fest entschlossen, mit den obersten Prinzipien der Fränkischen Gemeinden zu brechen. Vorsichtig und vorerst heimlich machte er sich ans Werk, in englischer Sprache und Ojibwa zu lehren.

Als Grundlage für seinen Unterricht brauchte er ein Schulbuch, das es damals noch überhaupt nicht gab, ein Wörter-, Gesangs- und Lesebuch in der Sprache der Chippewa.

Da James immer seltener als Übersetzer zur Verfügung stand, oft in Frankentrost und Frankenhilf aushelfen musste, war Eduard bei seinem neuen großen Vorhaben zunehmend auf Häuptling Bemassikeh und seine Tochter angewiesen. Beide waren sehr sprachgewandt und beherrschten das Englische.

Durch die tägliche Zusammenarbeit kamen sich Shania und Eduard allmählich wieder etwas näher. Dass der Missionar sie wegen der weißen Frau zurückgewiesen hatte, und statt im Wigwam nun mit dieser in einem Blockhaus wohnte, hatte die junge Frau tief gekränkt.

Doch allmählich kehrte ihr Lächeln zurück. Zum ersten Mal, als er sie nach der Bedeutung ihres Namens fragte.

»I am on my way«, lächelte sie.

Eduard übertrug es für sich ins Deutsche: *Shania – die ihren Weg geht.*

Der Winter hatte manches verändert. Die lauten Feste, die trunkenen Gelage und Tänze, die Zaubertrommeln und der kreischende Gesang, das war alles verstummt. Die meisten Wigwams standen leer, weil ihre Bewohner auf der Winterjagd in den Wäldern waren.

Nur wenige Frauen und ältere Männer waren geblieben, unter ihnen auch Häuptling Bemassikeh mit seiner Familie.

In winterlicher Stille setzte Eduard den Schulunterricht mit den Kleinen fort. Aber auch Erwachsene fanden sich im Blockhaus ein. Manche wussten allerdings nicht, wann Sonntag war. Einige kamen schon am Sonnabend, andere erst am Montag von ihren Jagdzügen zurück. Eduard riet ihnen, sich ein Kerbholz zu nehmen, jeden Tag einen Schnitt hinein zu tun und am siebenten zu kommen.

Als er den Kindern von der Taufe erzählte, erhob sich plötzlich ein Knabe und sagte, dass er getauft zu werden wünsche. Das war Shegonabah, die Donnerfeder, der Sohn des Häuptlings. Sein Wunsch kam völlig unverhofft. Als Eduard ausführlicher mit ihm darüber sprach, meldete sich ein weiterer Junge, und immer mehr schlossen sich an. Dies wurde sein erster missionarischer Erfolg. Natürlich musste er dazu erst die Erlaubnis ihrer Eltern einholen. Erstaunlicherweise erhoben sie keinen Einspruch. Schaden könne es ja wohl nicht, meinte eine Mutter. Und so konnte der Taufunterricht beginnen.

Inzwischen rückte Weihnachten immer näher, und dieses Fest sollte zum ersten Mal auch an der Biegung des Flusses gefeiert werden. Um den Kindern das Besondere des Heiligen Abends deutlich zu machen, wollte Eduard die Kinder mit kleinen Gaben erfreuen. Schon lange vorher hatte die hochschwangere Ulrica begonnen, Jacken, Hosen, Hemden, Schürzen, Tücher und andere Kleidungsstücke für die Kinder zu nähen.

Bei der Feier sollte natürlich auch ein Weihnachtslied gesungen werden. Das war keine leichte Aufgabe. James war mit seiner Familie für längere Zeit nach Frankenmuth gereist. Doch zu guter Letzt sprang Bemassikehs Tochter ein und übertrug mit Eduard zusammen das Lied *Vom Himmel hoch, da komm ich her* ins *Ojibwa*. Auf die Reime mussten sie verzichten, um den Rhythmus und den Inhalt so getreu wie möglich wiederzugeben.

Nach deutscher Melodie hatten Ulrica und Shania danach das Lied mit den Kindern einstudiert. Eduards Frau blies auf einer handgeschnitzten Flöte und die Häuptlingstochter trommelte dazu.

*Widi gishigong ishpiming
Kidonjibiotisinim …
Nimpidon tibajimowin
Wenishishing keget'nawon.*

lautete der erste Vers:
*Vom Himmel hoch
da komm ich her
und bring euch
gute neue Mär …*

Die Kinder lernten das Lied mit Lust und sangen aus vollem Halse. So oft es nur ging.

Am Heiligen Abend kamen gut vierzig Chippewa in Gottes kleines Blockhaus.

Nach dem Gesang folgte eine Pause. Jetzt mussten die Lichter angezündet werden. Ulrica hatte eine Zeder als Christbaum ausgesucht und geschmückt. Endlich erklang das Glöcklein und die Tür öffnete sich.

Ein lautes *Ah!* erklang, als die Kinder den hell erleuchteten Baum erblickten, voller Frucht mitten im Winter. *Tayah!* So etwas hatten sie noch nie gesehen.

Auch Häuptling Bemassikeh hatte sein Vergnügen und meinte, solch einen Baum habe er in allen seinen Wäldern noch niemals gefunden. Die Kinder durften nähertreten und fanden unter dem Weihnachtsbaum neunzehn Blechteller mit Weißbrötchen, Äpfeln und Nüssen, darunter aber die von Ulrica gefertigten Kleidungsstücke. Das freute nicht nur die Kinder. Und nachdem sie aus frohem Herzen mehrmals ihr *Widi gishigong ishpiming* gesungen hatten, durften die Früchte des Baumes gepflückt werden.

So feierten Ulrica und Eduard ihr erstes Weihnachtsfest in den Wäldern.

Doch das Jahr war noch nicht zu Ende. Eine weitere Freude erwartete das junge Paar. *Theodosia* – das Gottesgeschenk.

In der Nacht zum letzten Tag des Jahres brachte Ulrica ihr erstes Kind, ein gesundes Mädchen, zur Welt. Kein Arzt, keine Hebamme waren vonnöten. Am Tag des Gebärens kamen Shania und ihre Mutter und halfen, wo sie konnten.

Schon am nächsten Tag erschienen sämtliche Indianerfrauen, um das fremde weiße Kindlein zu betrachten. Und eine jede wollte das Neugeborene auch selbst gern in Händen halten.

Zuerst bangte es der jungen Mutter ein wenig, doch die Frauen der Wildnis gingen sanft mit ihm um, setzten sich auf den Boden, nahmen es auf den Schoß, und eine reichte es der anderen weiter. Dabei hatten sie viel zu reden und zu staunen. Als sie sahen, wie die kleine Theodosia von Ulrica gebadet wurde, erschraken sie und kreischten, als ob sie selbst ins Wasser fielen. Denn das Baden eines Säuglings war ebenfalls etwas Nochniegesehenes, Unerhörtes. *Tayah!* Solch ein schönes weißes Kind hätte sie auch gern von ihm, flüsterte Shania im Vorbeigehen und schaute Eduard dabei so herausfordernd in die Augen, dass ihm das Blut in den Kopf schoss.

Mit dem Januar kam der Winter mit großer Wut. Heftige Stürme trieben den Schnee durch die Fugen und Ritzen des Blockhauses. Der Wind wehte in dem kleinen Zimmer, und obwohl ihr Ofen glühte, gefror doch das Wasser im Glase vor dem Fenster. Was an Bett- und Tischtüchern vorhanden war, musste zusammengefügt werden, um als Vorhang Mutter und Kind zu schützen.

Und noch in anderer Weise war Hilfe vonnöten.

Durch Wind und Wetter war Bethany lange von aller Welt abgeschlossen. Die Vorräte gingen zur Neige. Vor allem fehlte es an geeigneter Nahrung für die Wöchnerin, und niemand konnte sie beschaffen. Sie hatten weder Brot noch Mehl, weder Kartoffeln noch andere Gemüse noch Salz. Doch die roten Männer brachten Hirschfleisch und die Frauen zerstoßenen Mais, von dem sie selbst nur wenig hatten. Damit musste die kleine Familie ihr Leben fristen, so gut es ging und so lange, bis das Eis stark genug war, Pferd und Schlitten zu tragen.

Sobald es nur möglich war, machte Eduard sich auf den Weg, den Fluss hinab, in die Stadt. Gut sieben Stunden jagte er mit dem Schlitten über die gefrorenen Stromschnellen.

Mit schwerem Herzen ging Eduard in Saginaw auf den ersten größeren Krämerladen zu und musste sich erst fassen, ehe er eintrat. Dringend benötigte er Lebensmittel für Frau und Kind, hatte aber keinen Penny. Wie ein Bettler fühlte er sich. Es kostete große Überwindung, bis er dem Kaufmann offen sagte, dass er Mehl und andere Nahrungsmittel brauche, aber derzeit nicht bezahlen könne. Schmunzelnd sah der Kaufmann in sein bekümmertes Gesicht und sagte: »Nehmen Sie doch einfach, was Ihnen fehlt. Das Geld werden Sie mir ein andermal bringen; ich habe keine Sorge.«

Als das Neugeborene getauft wurde, wollten die Indianerkinder nicht zurückstehen. Die Mütter, die selbst noch dem

Christentum fernstanden, geleiteten ihre Töchter und Söhne in das Blockhaus des Herrn. Und mit Theodosia wurden zugleich der Sohn des Häuptlings und weitere zehn Chippewa-Kinder getauft.

So war bereits nach einem Jahr eine ansehnliche Christenschar versammelt, und Eduard schöpfte neuen Mut mitten im schneebedeckten Urwald.

An manchen Tagen war Eduard der einzige Mann unter den Frauen, Kindern und Alten. Die Männer waren auf der Bärenjagd. Eine feierliche Bestattung der Bärenknochen und Dankgebete gehörten dazu.

> Einen Bär zu erlegen ist das Größte für sie.
> Ihr Respekt vor der Kreatur ist bemerkenswert. So sei es nach altem Brauche üblich, dem erlegten Tier dafür zu danken, dass es sich im ehrlichen Kampfe bezwingen ließ, um den Hunger der Frauen und Kinder zu stillen.
> Wenn die Indianer jedoch versehentlich eine Bärenmutter schießen, sind sie sehr betrübt. Dann fangen sie die hilflosen Jungen ein und ziehen sie bei sich auf.
> Die Chippewa kennen sich gut aus im Umgang mit wilden Tieren. Wenn er noch ganz winzig ist, legt die Frau den kleinen Bär ganz einfach an die Brust und säugt ihn wie ihr eigenes Kind. Wenn er dann größer und unartiger wird, so legen sie ihn an eine Kette und lassen ihn im Wigwam die Stangen auf und ab klettern.

Einmal brachten die Jäger drei junge Bärenkinder an und schenkten eines davon dem Missionar. Das Bärchen machte anfangs viel Freude, und auch Ulrica gewann ihr kleines

Haustier rasch lieb. Als es aber größer wurde, ward es sehr neugierig, tapste überall hin und wollte am liebsten auf den Tisch. Da es nicht hinaufkonnte, zog es am Tischtuch alles, was auf dem Tisch war, zu sich herunter.

Alle Erziehungskünste blieben fruchtlos. Obgleich der kleine Petz nie eigentlich böse war, mussten Ulrica und Eduard ihn am Ende zurückgeben.

Als sie einmal die Familie des Häuptlings besuchten, legte Ulrica ihre kleine Theodosia zu Eduard auf die Pritsche und suchte sich auf der Seite der Frauen ihren Platz. Doch mit einem Male knurrte und brummte etwas neben ihm so bedrohlich, dass die Kleine vor Schreck laut aufschrie und zu weinen begann. Sofort streckte Eduard seine Hand schützend aus und packte den jungen Bären, der sich von der Kette losgemacht hatte, am Kragen. Der aber sträubte sich mit aller Macht, biss wild um sich und versuchte immer wieder mit erhobener Tatze nach dem Säugling zu greifen. Die Kinder des Häuptlings sprangen hinzu und legten den Bär wieder an die Kette.

Bei der Übersetzung der zehn Gebote, des Neuen Testaments, des Katechismus und der Kirchenlieder war ihm Shania schnell unentbehrlich geworden.

Am Anfang ihrer erneuten Zusammenarbeit waren sie freilich so sehr in Streit geraten, dass Eduard sein Werk fast schon scheitern sah. Die junge Frau hatte einen besonders widerspenstigen Kopf. Tagelang weigerte sie sich, ihm den ersten Satz des ersten Gebotes »Ich bin der Herr dein Gott« nachzusprechen: *Nin nindau au Tebeninged au Kikishemaniton.* Das letzte Wort kenne sie ja überhaupt nicht. Der Mekadekonjeh habe es sich doch nur ausgedacht, meinte sie.

(*Kitschimanito* heißt der große Geist. Durch Einschieben von *sche*, der Wurzelsilbe von Barmherzigkeit, hatte Eduard tatsächlich ein neues Wort *Kikischemanito* gebildet, mit der Bedeutung: *der große barmherzige Geist*.)

Das ungewohnte Wort wollte partout nicht über ihre schönen Lippen. Immer wieder sagte Eduard es ihr vor. Shania aber presste die Zähne zusammen und schüttelte den Kopf. Der Mekadekonjeh habe kein Recht, einen neuen Gott für ihr Volk zu erfinden, murrte sie. Sie wolle die Wahrheit von ihm hören, aber keine neuen Märchen. Aus tiefschwarzen Augen blitzte sie ihn zornig an und erklärte, künftig nicht mehr in sein Haus zu kommen. Und niemals wolle sie von ihm getauft werden.

Das machte Eduard sehr traurig. Ohne Shania stockte seine Arbeit und jetzt, da sie wegblieb, erkannte er zugleich, wie sehr sie ihm ans Herz gewachsen war. Ihm gefiel der Eifer der jungen Frau, die so stolz auf die Sprache ihrer Väter war. Und auch ihr Eigensinn.

Fünf Tage wartete er vergeblich auf seine Übersetzerin und war der Verzweiflung nahe.

Am sechsten Tage aber hockte sie wie eh und je auf der Schwelle des Blockhauses und lächelte, als sei nichts gewesen.

Shania hatte einen ganzen Köcher voller Synonyme für Wind und Wetter, Hunger, Durst und Kälte, und erläuterte ihm mit großer Geduld alle Unterschiede und Feinheiten.

Immer tiefer drang Eduard in ihre Sprache ein. Das Ojibwa ist außerordentlich reich an Worten auf dem Gebiete der Sichtbarkeit und Greifbarkeit, wie es den Jägervölkern nützlich ist.

So gibt es zum Beispiel für *Honig* achtundzwanzig unterschiedliche Benennungen, für *Eis* und *Schnee* sogar Hunderte.

Dadurch entstand manches Missverständnis, aber auch viel Spaß und Freude im wortreichen Hin und Her.

Wenn Eduard Mühe hatte, ihren Erklärungen zu folgen, strich Shania ihr Haar aus dem Gesicht, schaute ihn nachsichtig an, stupste ihn oder legte ihm ihre Hand auf die Schulter. Dann war er ihr Schüler. So kamen sie immer schneller voran. Wort für Wort, Seite um Seite wuchs ihr gemeinsames Buch.

Andererseits blieb es schwierig, Shania einen geistigen oder geistlichen Begriff zu erklären.

*Versuchung* – für dieses Wort hatte die schöne Indianerin keinen entsprechenden Begriff in ihrer Sprachwelt. Als Eduard ihr die Bedeutung zu umschreiben versuchte, runzelte sie die Stirn und machte so große Augen, dass er fürchtete, in ihnen zu versinken.

*Und führe uns nicht in Versuchung* – bei aller Ernsthaftigkeit ihrer Jagd nach dem richtigen Wort blieb es nicht aus, dass Shania und Eduard bisweilen auch miteinander kichern und prusten mussten. Wie leicht hätte Ulrica dies und anderes missverstehen können. Doch ihre Liebe war fest und ihr Vertrauen stark …

Auch Häuptling Bemassikeh saß oft seine lange Pfeife rauchend mit ihnen am Lagerfeuer, sah und hörte die Sinn- und Wortsuche mit an und half mit den richtigen Ausdrücken. Lesen, Schreiben und Rechnen seien für das Überleben eines Volkes wichtiger als Messer und Gewehre, meinte er.

# Gottes Blockhaus

*»Zu meiner Arbeit in der Schule und zum Sprachstudium kam bald auch der Taufunterricht der Erwachsenen.*

*In früheren Zeiten hatten die Priester aus Frankreich viele tausend Indianerseelen rund um die großen Seen »erjagt« oder »geerntet«. Doch das hatte keine nachhaltige Wirkung. Die Chippewa nannten die Taufe einen »Wasserzauber«, ließen sich gern Perlen und andere Geschenke geben, blieben aber weiterhin ihrem Glauben an die Manitus verhaftet.*

*Ich dagegen will aus meinen roten Brüdern und Schwestern Christen der Tat machen: für eine Welt, die Gottes Geboten folgt. Dies kann nur mit Geduld und gutem Vorbild geschehen. Denn jeden Zwang lehnen die Indianer ab.*

*In einem Punkte jedoch blieb ich hart. Da die Alten nicht lesen konnten, verlangte ich, dass sie zur Taufe den Katechismus auswendig lernten. Damit, erklärte ich, trügen sie in ihren Köpfen stets ein offenes Buch bei sich. In Wald und Flur, auf dem Eis und dem Wasser, im Wigwam und auf ihren Jagdzügen könnten sie dann jederzeit Kraft und Trost daraus schöpfen. Auf einsamen Reisen, in Not, Gefahr und schlaflosen Nächten hatte ich das ja an mir selbst erlebt. Meine Täuflinge verstanden das gut.«*

Auf der anderen Seite des Pine River wohnte auf steiler Anhöhe ein alter Mann mit seiner großen Familie. In der großen Ratsversammlung hatte er sich zur Begrüßung des Missionars die rechte Gesichtshälfte schwarz gefärbt und auch sonst immer sehr finster geschaut. Diese so offen gezeigte Ablehnung brannte Eduard seither auf der Seele.

Der Alte war ein Indianer von altem Schrot und Korn, so dass ihm auch ein Wigwam schon zu modern war. Er wohnte nach wie vor in seinen Zelten, im Sommer wie im Winter. Das waren Tipis, runde Zelte, geformt wie ein Zuckerhut, doch oben offen, für den Rauch des Feuers, das in der Mitte brannte. Außen war das Zelt mit kunstvoll gestickten und mit Figuren bemalten Hirschledern reich geschmückt.

Noch nie war der Alte zur Versammlung in sein Haus gekommen. Das wollte Eduard ändern. Und da er ohnehin jedem Wigwam seine Besuche zu machen pflegte, kam er hin und wieder auch in sein Tipi. Der gute Mann hörte geduldig zu, rauchte, tat aber seinen Mund nicht auf. Eduard wiederholte, ergänzte und suchte ihm das Gesagte deutlicher zu machen. Aber der Alte rührte sich nicht und schwieg. Da fragte Eduard endlich gerade heraus: »Nun, was ist? Du sagst ja gar nichts!«

»Ich will nichts sagen«, brummte er und zog an seiner Pfeife. »Wenn ich dir meine Meinung sagen wollte, würdest du ja nur widersprechen wollen und überhaupt nicht mehr aufhören zu reden.«

Das also war das berühmte Totschweigen einer ungeliebten Ansicht.

»Also gut«, sagte Eduard. »Wenn du nicht gern hörst, was ich sage, so will ich wieder gehen. Es ist aber eine wirklich gute

Botschaft, und vielleicht bist du ein andermal mehr geneigt, sie anzuhören.« Damit erhob er sich und ging.

Der Alte zeigte sich sonst keineswegs feindlich. Das konnte er auch überhaupt nicht; denn das wäre gegen die öffentliche Aufnahme des Mekadekonjeh in die Gemeinschaft seines Stammes gewesen, welche von größerer Bedeutung war, als Eduard anfangs geglaubt hatte. Ohne diese feierliche Aufnahme hätte ihn nämlich ein jeder nach seinem Gefallen behandeln können. Nun aber forderten es Ehre und Sitte, das Stammesmitglied zu schützen und wenigstens äußerlich freundlich zu behandeln. Der Alte blieb zwar ein hartgesottener Heide; seine Kinder aber wurden Christen.

Sein Sohn Peter Naugassike war sogar einer von Eduards besten Schülern und der erste, der sich von ihm christlich trauen ließ. Eduard verband ihn mit Pauline, einem sehr jungen Mädchen. Auch sie war seine Schülerin und kurz zuvor getauft worden. Nach der genauen Zahl ihrer Winter fragte er die beiden lieber nicht. Im Königreich Sachsen wäre eine Verbindung solch junger Menschenkinder gewiss nicht erlaubt gewesen. Und auch im bayrischen Königreich nicht.

Vor der Hochzeit hatte Eduard dem Knaben allerdings erst einmal klarmachen müssen, dass er als Christ keine weitere Frau in seinen Wigwam mit hineinnehmen dürfe. Zu seinem Erstaunen protestierte Peter Naugassike keineswegs, sondern sagte, ebendies wäre ja auch sein innigster Wunsch. Pauline solle für immer und ewig die einzige sein.

So einfach und spärlich diese erste Hochzeit auch war, selten sah Eduard eine Braut mit mehr Glanz in den Augen.

Das in großer Eile erbaute Blockhaus war ein recht armes Heim. Und eine völlige Fehlkonstruktion. Es war wie ein Wunder, dass der Winter darin auszuhalten war.

Im Frühling jedoch zeigte sich, dass die Lage des Hauses unhaltbar war. Nach der Schneeschmelze sammelte sich dort das Wasser in riesigen Pfützen. So blieb nichts anderes übrig, als eine höher gelegene Stätte zu suchen. Eduard musste mit Ulrica und dem Kind einen kleinen Wigwam beziehen und daneben ein Zelt aufschlagen, das als Arbeits- und Schlafzimmer zu dienen hatte.

Die Blöcke des alten Hauses wurden derweil auseinandergenommen, auf die neue Stätte getragen und dort wieder zusammengebaut. Da das erste Haus so niedrig geraten war, dass man kaum aufrecht stehen konnte, fügte Eduard mit seinem Helfer noch einige Blöcke hinzu, so dass es die richtige Höhe bekam. Hinten wurde ein kleiner Raum zur Küche angebaut. Die Erweiterung war auch deshalb vonnöten, weil sich die Zahl der Hausgenossen durch etliche Indianerkinder vermehrt hatte, die von entfernten Stämmen kamen, bei ihnen wohnten und von Ulrica versorgt wurden. Die Arbeit ging nur sehr langsam vonstatten, weil Eduards Reisen immer wieder einen Stillstand verursachten. So nahte der September, und mit ihm kamen die Äquinoktialstürme, mit denen sie nicht gerechnet hatten.

Eines Tages nun, als es gerade in den Wipfeln zu rauschen begann, schrie Ulrica mit einem Male plötzlich aufgeregt nach ihm. Eine lange, schwarze Schlange war in ihren Wigwam eingezogen und hatte sich unter der Korbwiege ihrer kleinen Tochter gelagert. Eduard arbeitete gerade nebenan in seinem Tipi. Er eilte hinzu und sah die Klapperschlange zum Sprung bereit. Das Reptil machte das eigentümliche, warnende Gerassel mit dem Schwanz. In seiner Aufregung hätte Eduard sie gern getötet; doch er fürchtete, dass sie gleichzeitig entweder ihn oder die kleine Theodosia beißen würde. Da aber ihr Biss tödlich ist und er ganz allein war, so hielt er es für geratener, das Gifttier leben zu lassen und überlegte, wie er die Wiege mit seinem Kind beiseite ziehen könnte. Gerade in diesem Moment aber heulte der Sturm auf und brach mit solcher Gewalt los, dass sogar die Schlange erschrak, während ringsum die größten Bäume einbrachen und umstürzten. Manche wurden entwurzelt, andere gespalten, und von allen Seiten erdröhnte der Boden von den mächtigen Schlägen. Kaum hatte Eduard mit dem Kind sein Zelt verlassen, riss es der Sturm in Fetzen auseinander, so dass Bücher und Betten dem nun in Strömen herabkommenden Regen ausgesetzt waren. Da sprang Shegonabah herzu und rief: »Retten Sie Frau und Kind, das Zelt überlassen Sie mir!«

Ja retten, aber wohin? In das Blockhaus! Aber als sie dahin eilten, rief ein anderer Indianer: »Nicht in das Haus! Der Sturm wirft Ihnen das Dach auf den Kopf!«

Denn noch war nur die eine Seite des Daches gedeckt, die andere ganz offen, und so hatte der Sturm es leicht, dort hineinzufegen. Also eilte Eduard mit Ulrica und der Korbwiege weiter, bis sie Bemassikehs Wigwam erreichten und bei der Häuptlingsfamilie Obdach fanden.

Eduard war froh, dass er die Schlange nicht getötet hatte. Als sie unter die Wiege der kleinen Theodosia gekrochen war, wollte sie ja auch nur Schutz suchen vor dem nahenden Sturm, den sie schon vorausfühlte. Denn die in den Wäldern frei lebenden Tiere haben ein Vorgefühl der drohenden Gefahren.

Das Haus stand nun wieder fertig da; aber damit war die Arbeit noch nicht getan. Denn es gehörte auch Hausgerät hinein. Eduard musste sich nun daran machen, das Mobiliar selbst zu fertigen. Er verstand freilich nur, die Bretter zu zersägen, einigermaßen zu behobeln und dann zusammenzunageln. Aber es ist erstaunlich, was alles geschehen kann, wenn es die Not erfordert. So zimmerte er sogar brauchbare Bettstellen, um nicht mehr auf der Erde liegen zu müssen, einen ordentlichen Tisch und dazu Stühle und Schemel. Es gab freilich viele Wundmale und Blasen an den Händen; doch die verloren sich mit der Zeit.

Eduard war zum Pionier geworden, war nicht mehr der schmächtige »Oh, ein gentleman«, als den ihn Pastor Crämer mit leichtem Spott begrüßt hatte, überrascht, dass man ihm ein *greenhorn* mit Klavierspielhänden als Missionsgehilfen in die Wildnis gesandt hatte.

Sobald im Haus das Nötigste geschehen war, musste außen neuer Boden gewonnen werden, um für den Haushalt, Indianerschüler sowie etwaige Gäste Mais, Kartoffeln, Rüben und allerlei sonstiges Gemüse zu pflanzen.

Eduard hatte gelernt, die Axt zu schwingen und fürchtete

sich bald vor den größten Bäumen nicht mehr. So rodete er den Wald, und da der Boden gut war, gab es reichliche Ernten.

Groß war die Freude, als Eduard und Ulrica mit ihren Schülern zum ersten Mal an die Kartoffelernte gingen und unter jeder Staude ein Nest voll der schönsten Früchte fanden. Solch üppige Ernten gab es in Sachsen und Posen nicht. Auch Rüben und Karotten gediehen sehr gut, ebenso Mais. Im Juni gepflanzt, war er Ulrica im August schon über den Kopf gewachsen.

So hatten sie auch Futter für ihre Tiere – nach und nach hatten sich Eduard und Ulrica Kühe, Hühner und Schweine zugelegt. Sie hofften, dass die Chippewa ihrem Beispiel folgen würden, doch dazu waren die Indianer (noch) nicht bereit. Mit Viehzucht, Ställen und Stallfütterung mochten sie sich nicht anfreunden. Von alters her sahen sie die Tiere als verwandte Gottesgeschöpfe, denen man die Freiheit nicht nehmen dürfe. Ein sympathischer Gedanke, der freilich – wie das hungernde Europa lehrt – keine Zukunft haben kann.

> *Auch die Indianerpferde werden frei laufen gelassen. Sie wissen im Walde recht gut selber die Stellen zu finden, welche Nahrung bieten, und kehren immer gekräftigt und glänzend aus dem Walde zurück, wenn sie gebraucht werden. Freilich müssen sie manchmal tagelang gesucht werden, und nur ein Indianer kann sie finden und fangen. Alle paar Wochen aber kehren die Pferde freiwillig zurück, halten die Nase ans Fenster und fordern das Salz, das sie für ihr Wohlergehen brauchen. Sie nehmen dann einen ganzen Teller zu sich, wiehern zum Dank laut auf und sind mit einigen Sätzen wieder im Walde verschwunden.*

Nicht nur Felder mussten dem Urwald abgerungen werden, auch einen Garten wollte Ulrica unbedingt am Hause haben. Das war sie von Kindheit her gewohnt. So ebnete Eduard unter großer Mühe den Boden, grub die Stümpfe heraus und Ulrica schuf ein ansehnliches Gärtchen, welches sie mit kleinen Gängen versah und mit Obstbäumchen bepflanzte, die sie aus den Kernen der Früchte gezogen hatte. Auch Erdbeeren und Waldblumen kamen hinein.

Jetzt konnten auch die ersten Gäste kommen und bald wurden mitten im Urwald acht verschiedene Sprachen gesprochen: Ojibwa, Englisch, Französisch, Polnisch, Deutsch, Hebräisch, Latein, Griechisch. Und obendrein ein unverfälschtes Fränkisch.

Da sich die Christenschar stetig mehrte, wollte Eduard auch einen geordneten Gottesdienst einführen. Dazu brauchte es eine Kirche. Die sollte aber nicht nur ein weiteres Blockhaus werden, sondern der Mittelpunkt von Bethany: eine richtige Kirche mit Turm und mit Glocke. Den Turm plante Eduard mit acht achteckigen Säulen und einem achteckigen Dache, auf welchem eine runde Kugel den Erdball darstellte und darüber das Kreuz. So war das Gotteshaus lang schon fix und fertig in seinem Kopf.

Aber wie sollte es verwirklicht werden? Eduard konnte sich nicht entschließen, die Missionskasse darum anzugehen. Und seine eigene Geldbörse war auch nicht gerade kirchenbaumäßig bestellt. Trotzdem! Natürlich konnte es nur ein Blockkirchlein werden, weil anderes Material nicht vorhanden war. Das Holz kostete ja nichts. Es musste nur gehauen, herbeigeschafft und aufgerichtet werden.

Dazu brauchte es freilich helfende Hände. Eduard machte sich also auf die Suche nach einem Zimmermann; aber der war nirgends zu haben. Doch dann fand sich in Frankenmuth ein Müllergeselle, der, wie er versicherte, das Beil zu führen verstand. Johann Adam, so hieß er, war allerdings ein sehr vorsichtiger Bursche und wollte für nichts verantwortlich sein. Er sagte: »Herr Missionar, ich kann das Beil führen, weiter aber kann ich nichts. Wenn Sie nun sagen: Haue hier, so haue ich hier, und wenn Sie sagen: Haue da, so haue ich da. Weiter kann ich nichts versprechen.«

»Schon recht«, erwiderte Eduard. »Ich will für Sie denken, und Sie sollen für mich hauen; da wird doch etwas zustande kommen.«

So nahm er denn Johann, den Müllergesellen, in sein Urwaldheim mit auf. Da waren nun freilich zwei Meister beieinander, von welchen der eine die Baukunst so wenig beherrschte wie der andere. Und doch wollten sie etwas zuwege bringen, was noch keiner zuvor gesehen hatte! Eine Kirche mitten im Urwald.

Die größte Mühe machte das Achteck, das Eduard als Grundriss für seinen kleinen Kirchturm geplant hatte.

»Machen Sie lieber ein Viereck, Herr Missionar«, sagte Johann. »Das ist leichter!«

»Freilich, aber nicht so schön. Unser Herrgott möchte ein Achteck!«

Und so zeichneten sie das Achteck auf den Erdboden vor dem Hause – so groß, wie es werden sollte.

Die acht Säulen machten keine weitere Not. Mit einiger Anstrengung wurden sie hinaufgebracht, unten und oben verbunden, und das achteckige Turmdach darauf montiert. Das Kreuz mit der Kugel wurde mit weißer Ölfarbe gestrichen, damit es nicht verwittern sollte. Das Anstreichen übernahm Eduard selbst, weil sich sein Gehilfe nicht so hoch hinauf wagen wollte. Ebenso musste er allein das Dach decken und die Schindeln aufnageln.

Zwischendrin jedoch, mitten im schönsten Eifer, geriet ihr Bau ins Stocken. Eduards Mittel waren erschöpft. Da er seine Urwaldkirche nicht aufgeben wollte, musste er sein Pferd satteln und wieder einmal nach Saginaw reiten, um Geld zu schaffen.

Als Eduard in den Laden trat, wo er zu kaufen pflegte, fragte der geschäftige Handelsmann nach seinen Wünschen.

»Nichts wünsche ich diesmal. Nichts außer Geld!«

»Nonsens! Sie wissen doch, dass wir hier kein Geld einnehmen.«

»Gleichviel, ich wünsche nichts als bares Geld.«

»Ist das wirklich Ihr Ernst?«

»Ja.«

Darauf ging der Kaufmann an seine Kasse, zählte ihm hundert Dollar auf den Tisch und sagte: »*Will that do?*«

»Ja«, sagte Eduard und strich es ein. »Wollen Sie einen Schuldschein?«

Mit einem breiten Grinsen schüttelte der Kaufmann den Kopf: »Von Ihnen nicht, Herr Missionar!«

Eduard schwang sich auf sein Pferd und ritt davon, voller Freude, dass man in diesem Lande, in welchem ansonsten der Dollar König ist, einem armen Missionar auf sein bloßes Wort hin so freizügig Kredit gab.

Ebenso problemlos ging es mit der Rückzahlung. Eduards Berichte im *Leipziger Missionsblatt* über die Indianerkirche im Urwald öffneten die Börsen der Spender. In vielen Gemeinden wurde gesammelt. Sogar aus den Ostseeprovinzen Russlands schickte ein Pastor eine größere Summe. Das war der erste Beitrag zur Abzahlung der Schuld. Da mochte auch der christliche Kaufmann keine Zinsen mehr verlangen und erbot sich, mit weiteren Dollars auszuhelfen, wann immer es für Gottes Blockhaus nötig sein sollte.

Die Urwaldkirche hatte sechs hohe Fenster, und mehrere Stufen führten zum Eingang unter dem Turm. Dieser erhielt bald schon eine Glocke, die in Chicago von einem Deutschen gegossen worden war und einen guten Klang hatte. In der stillen Wildnis war sie meilenweit zu hören.

Im Inneren der Kirche gab es zwei Reihen Bänke und natürlich auch Kanzel und Altar. Graf von Einsiedel aus Sachsen stiftete ein Kruzifix mit vergoldeter Figur und zwei Leuchter für den Altar. Die aus Brettern zu einer Art Hochsitz zusammengenagelte Kanzel war allerdings eher etwas klapprig. Zum Glück schickten Diakonissen aus Dresden Stoff für die Altarbekleidung, und Ulrica gelang es, die Kanzel damit zu umhüllen.

Bei den Gottesdiensten ging es nun auch nicht mehr so zu wie zu Anfang. Zuvor durfte Eduard ja überhaupt nicht wagen, die Gemeinde zur Ordnung zu rufen, da sonst alle höchstbeleidigt weggeblieben wären.

Jetzt aber war Ordnung machen gar nicht mehr nötig. Die Indianerchristen erkannten schnell, dass die Kirche Gottes

Haus und damit ein besonderer Ort war. Nie ist es einem Indianer eingefallen, darin zu rauchen oder zu plaudern. Denn der Ort beeinflusst überall den Menschen.

Endlich. Das Schul- und Gesangsbuch war fertig. Eduard und Shania waren stolz auf ihre monatelange gemeinsame Arbeit.

Nun sollte es aber auch gedruckt werden. Dazu war eine längere Reise erforderlich: gut 240 Kilometer bis Detroit, in die Hauptstadt des Staates Michigan. Diesmal wollte Eduard seine Familie nicht allein lassen und nahm Ulrica und die Kinder mit. Sein neuer Mitarbeiter, der Kandidat Ernst Gustav Hermann Mittler, aber blieb in Bethany zurück, um Haus, Gemeinde und Schule zu versorgen.

Eduards Reise versetzte die Chippewa in große Sorge. Als sie das Reisegepäck sahen, bangten viele, ob sie auch wiederkommen würden. Ulrica hatte zum zweiten Mal entbunden und wollte nicht nur Theodosia, sondern auch die noch winzige Theophila mit dabei haben. Nach Art der Chippewa wurde der Säugling in ein Tragebettchen geschnürt. Es handelte sich dabei um ein kunstvoll verziertes Brett aus Birkenrinde, überdeckt mit Hirschleder, in das die Indianerfrau ihr Kind wie in eine Tasche hineinsteckte, so dass nur das Köpfchen hervorschaute. Dank dieser Einrichtung konnte Shania, die Ulrica und Eduard begleitete, den Säugling nicht nur während der Bootsfahrt im Arm wiegen, sondern auch an einem Stirnband befestigt auf den Rücken binden. So hatte sie in den Straßen der Stadt Detroit ihre Hände noch für die kleine Theodosia und ihr Gepäck frei.

Die Heimkehr nach Bethany verzögerte sich, da damals der Buchdruck noch sehr im Argen lag und das Umsetzen der indianischen Sprechsprache immer neue mühsame Korrekturen erforderte. Erneut war Shania dabei behilflich. Erneut las Eduard die Worte von den Lippen seiner Dolmetscherin und setzte sie in Buchstaben um. Erst nach drei Wochen war ihr gemeinsames Werk fertig und die Rückreise konnte beginnen.

Da sie ohnehin an Frankenmuth vorbei mussten, kehrten sie dort ein und fanden wie immer im Pfarrhaus freundliche Aufnahme.

Noch immer machte ihre Entscheidung, unter und mit den Indianern zu leben, große Sensation. Man bewunderte und bestaunte sie mehr als ihnen recht war. Ein deutsches Magazin in Chicago hatte einen Reporter entsandt, der Eduard stundenlang ausfragte. Der junge Mann bezeichnete die Indianer als *Kinder des Windes* und war der festen Überzeugung, dass sie Nomaden ohne festen Wohnort wären. Vor allem behauptete er, dass die *Zigeuner Amerikas* ja überhaupt nicht lernfähig und erziehbar seien. Nun musste er sich belehren lassen. Er fiel aus allen Wolken, als Ulrica ihm vom Lerneifer und der Intelligenz der Chippewa-Kinder erzählte und ihm das Lesebuch in der Indianersprache vorblätterte.

Auch die junge Magd des Pastors lauschte ihren Erzählungen vom Urwaldleben mit glühenden Wangen. Rosina hatte sich schnell mit Shania angefreundet. Und äußerte schließlich den Wunsch, ebenfalls unter den Chippewa leben und helfen zu dürfen. Sie erbat sich die Erlaubnis, in Eduards Dienste treten zu dürfen. Verwundert über die mit großer Inbrunst vorgetragene Bitte gaben Pastor Crämer und Dorothea nach. Und da Ulrica mit den Kindern – ein drittes war in Erwartung – jede Unterstützung nur allzu gut brauchen konnte, wurde Rosina mit Freude in die Missionarsfamilie aufgenommen.

Nach ein paar Tagen der Rast ging die Reise wieder in den großen Indianerbooten die Flüsse hinauf. Da es stromaufwärts weitaus schwerer voranging, mussten auch Shania und Eduard kräftiger mitpaddeln als sonst. Schon früh erlahmten ihre Kräfte. So mussten sie in der Dämmerung einen Landeplatz suchen und ihr Nachtlager am Ufer aufschlagen.

Ulrica hatte schon etliche Male als Reisebegleiterin in Eduards Armen gelegen und mit ihm in den Sternenhimmel geschaut. Für Rosina, ihre neue Magd, und die kleine Theodosia aber war es neu und abenteuerlich, am Lagerfeuer zu sitzen, die fränkischen Würste zu braten und schließlich unter freiem Himmel in den Schlaf gesungen zu werden. Shania war merkwürdig still, hatte sich abseits unter einer Tanne gelagert, und sah hin und wieder wehmütig zu Eduard und Ulrica herüber. Sie waren auf der Reise ja fast zu einer Familie geworden. Eduard ahnte, was der Grund ihres Kummers war.

Als sie am anderen Tage Bethany erreichten, erwartete sie eine Überraschung, mit der sie nicht gerechnet hatten. Sobald ihre Kanus in Sicht waren, kletterten einige Kinder auf die Dächer der Blockhäuser, um den ersten Anblick zu haben. Andere liefen ihnen am Ufer entgegen, sprangen in den Fluss, reichten ihnen vergnügt die Hände und zogen die Kähne an den Landungsplatz. Dort aber wartete bereits der gesamte Stamm, Christen wie Heiden, Alt und Jung, um sie willkommen zu heißen. Und ehe sie es sich versahen, waren beide Kähne ausgeräumt. Jeder freute sich, wenn er nur irgendetwas von ihrem Gepäck ergreifen und tragen durfte. Damit liefen sie voraus, die Höhe hinan in das Blockhaus hinein. Ihre kleinen Töchter aber wurden von den Männern auf den Schultern hinaufgetragen. Als Ulrica und Eduard endlich das Haus erreichten – denn sie mussten ja überall erst Hände schütteln –, kamen sie kaum hinein. Alle hatten sich zusammengedrängt, um sie im Haus ein weiteres Mal zu begrüßen.

Eduard und Ulrica waren überwältigt von so viel Herzlichkeit. Und zu Tränen gerührt. Die eigenen Kinder hätten sich über die Ankunft ihrer Eltern nicht mehr freuen können als die Chippewa über die Heimkehr ihres Mekadekonjeh und seiner Familie.

Mit dem neuen Buch ging das Lernen mit frischer Lust und Freude an. Der Lesehunger kannte keine Grenzen. Bei jedem Wort, das sich die Kinder zunächst noch mühsam zusammenbuchstabierten, erkannten sie etwas aus ihrer eigenen Sprache und Umgebung wieder – und hatten auch gleich die englische Übersetzung daneben. Dies war das Wörterbuch der Chippewa-Sprache.

Im anschließenden Lesebuch konnten die Kinder die abenteuerlichen biblischen Geschichten lesen: vom Paradies, von der Sündflut, der Arche Noah, von Moses, David und Goliath, und vieles andere mehr. Als Höhepunkt lasen sie im neuen Testament, erfuhren vom Leben des Herrn, seinem Kreuzestod, seiner Auferstehung und Himmelfahrt.

Die Begeisterung seiner Schüler war gewaltig! »Unser Buch, unser Buch«, jubelten sie wieder und wieder. Sie begnügten sich aber nicht damit, für sich selbst etwas so Spannendes lesen zu können, sondern lasen es immer wieder ihren Eltern und Freunden vor. Dadurch ging auch den älteren Menschen ein Licht auf und die Gedanken von Nächstenliebe, Frieden und Gerechtigkeit, von Gnade und Barmherzigkeit fanden Platz in ihren Herzen.

Die größte Attraktion aber waren die Lieder. Nicht nur die Kinder lernten sie schnell auswendig und sangen sie mit höchster Freude nach den deutschen Melodien. Noch Jahrzehnte später schwärmte die treue Rosina daheim in Franken davon, wie der Gesang der Indianerkinder ihr alle schwere Arbeit federleicht gemacht habe. Kurz, das Büchlein hatte eine gewaltige Bewegung hervorgebracht und den Lerneifer in einem Maße angestachelt, wie Eduard es in seinen kühnsten Träumen nicht für möglich gehalten hätte.

Am Sonntag versammelten sich nicht nur alle Christen, sondern auch viele Heiden in der neuen Kirche. Dazu ließ Eduard jeden Morgen nach Aufgang der Sonne und jeden Abend kurz vor Untergang der Sonne die Betglocke erklingen. Das war der Ruf zum Morgen- und Abendsegen. Denn gleich nach dem Läuten versammelten sich seine Hausgenossen (inzwischen waren es nicht nur Ulrica und seine Töchter, sondern auch Rosina, die Dienstmagd, Johann Adam, der Müllergeselle, sowie Gustav Hermann Mittler, der Pfarrgehilfe) in der Kirche. Gemeinsam sangen sie ein deutsches Lied, hörten ein Kapitel aus der Bibel und beteten in deutscher Sprache. Danach stimmte Eduard mit den Indianern ein Lied an, las ein Kapitel des Neuen Testamentes vor und betete mit ihnen. All dies in ihrer eigenen, der Ojibwa-Sprache.

# Wasserzauber

»*Lieber Schwager,*
*… noch eins: auch nach dem Tod des Mannes, den ich nicht meinen Vater zu nennen vermag, ich bleibe dabei: Eine Rückkehr ins Elternhaus wird es nicht geben. Niemals.*
*Bitte respektiere das und achte mein Geheimnis. Versiegele Deine Lippen! Und lass das mit dem Advokaten!*
*Der Schmutz gehört nicht ans Publikum, sondern in die Familiengruft. Für mich zählt nur himmlische Gerechtigkeit!*
*Wir haben hier das denkbar größte Glück gefunden. Das Blockhaus ist unser Palast, der Urwald unser Park. Auch Ulrica will keinen Anteil mehr an irdischen Gütern, kein Schloss, kein Erbe. Und für die Kinder erst recht nicht! Unsere Töchter wachsen hier vom Gelde unverdorben und in Achtung aller Menschen auf. Herkunft, Rasse und Besitz zählen nicht. Du magst uns romantische Spinner schimpfen, aber mittlerweile sind wir fast schon Chippewa und kaum noch Europäer. Es gibt kein Zurück! Wir bleiben in Bethany!*
*Wenn ich jemals einen Großvater für meine Kinder bräuchte, würde ich ihnen den Chief Bemassikeh wünschen. Der hat fürwahr*

*mehr Adel als unsere ganze Grafenbrut. Und mehr Christentum als der Bischof von Posen.*

*Also lass uns in Frieden! Schütze meine unschuldigen Kinder vor dem hochherrschaftlichen Pack! Verrat ihnen niemals etwas von dem Zerwürfnis, bewahr mein Geheimnis, versprich das, ich bitte Dich!*

*Und was den Kirchenbau betrifft: Von solchen Leuten nehmen wir sowieso kein Geld.*

*Nur wahre Christen, Christen der Tat bitte ich um Spenden für unsere Indianergemeinde.*

*Nindikit,*
*Amen.*
*»Ich bin nur Gast auf Erden*
*Und hab hier keinen Stand«*
*In Liebe*
*E. R. B.«*

Selbst in finsteren Nächten, in denen weder Mond noch Sterne schienen, und er nicht einmal ein weißes Taschentuch vor Augen sehen konnte, zog Eduard zuversichtlich seines Weges. Und fast immer fand sein Pferd den richtigen Pfad. Seine einzige Sorge war, die Zweige von den Augen fernzuhalten. Deswegen musste er ständig einen Arm vor das Gesicht nehmen und ihn, wenn er erstarrt war, mit dem anderen ablösen.

Wenn aber das Pferd den Pfad verlor, weil Bäume darüber gefallen waren, wurde es bedenklich.

Einmal versuchte Eduard, den Sumpf zu umgehen, um den Moskitos nicht ein weiteres Mal zum Opfer zu fallen. Dabei geriet er jedoch in noch schlimmere Sumpflöcher, in denen sein

Pferd zu versinken drohte. Um es wenigstens von seiner Last zu befreien, klammerte er sich in das Gezweig eines Baumes. Als sich sein Mustang mühsam herausgearbeitet hatte, stürzte er gleich in das nächste Loch. Wieder musste sich Eduard an Sträuchern und Ästen weghangeln, um nicht mit dem verängstigten Pferd im Schlamm zu versinken. An Hilfe war nicht zu denken. Kein menschliches Wesen weit und breit.

Endlich fand das arme Tier wieder festen Boden unter den Hufen und zitterte am ganzen Leib. Natürlich hatte Eduard dabei die Richtung ganz und gar verloren. Es war schon Nachmittag, die Sonne nicht mehr zu sehen und der Himmel wie mit Blei überzogen. Wie sollte er jetzt nur die Richtung bestimmen?

Eduard geriet in Panik. Wenn es um das Leben geht – ein Irren im Urwald endet allzu oft tödlich –, darf man den Kopf nicht verlieren. Doch der fieberte verzweifelt her und hin. Vor seinen Augen stand das schreckliche Beispiel des Doktor Klapproth aus Frankenmuth. Der wollte in Frankentrost, nur acht englische Meilen entfernt, einen Kranken besuchen. Er kam auch glücklich hin, auf dem Rückweg aber verlor er den Pfad und taumelte tagelang durch den Wald. Dabei war er so nahe, dass er die vertraute Kirchenglocke von Frankenmuth am Morgen und Abend hören konnte, und war doch nicht imstande, sich zurechtzufinden. Erst am vierten Tage, da er schon völlig erschöpft und halbtot war, fand ein Suchtrupp der Siedler den verzweifelten Doktor.

Wenn das in der Nähe von acht Meilen möglich war, was konnte da ihm geschehen bei dreißig Meilen Entfernung? Auch ihm drohte Gefahr, im Kreise herum zu reiten. Was also blieb ihm übrig, als sich einfach hinzusetzen und den Schweiß abzutupfen, bis das pochende Herz sich beruhigt hatte? Dabei sprach er in Gedanken ein kurzes Gebet und bat den Herrgott, seinen Leichnam hier an dieser Stelle auffinden zu lassen, damit ja keiner die Indianer verdächtige, ihn umgebracht zu haben. Denn das wünschten ja seine Feinde unter den Schnaps- und Waffenhändlern nur allzu sehr.

Endlich beruhigte er sich wieder, prüfte die Wegzeichen erneut und fand am Ende die richtige Richtung.

Wenn auch nicht eine Heimat, so fand Eduard auf seinen Expeditionen in den Zelten und Wigwams doch stets eine herzliche Aufnahme. Zumal die Indianer von alters her gastfreundlich sind und gern von dem abgeben, was sie haben. Das war freilich zumeist sehr spärlich, aber ein Stück getrocknetes Hirsch- oder Bärenfleisch fand sich am Ende doch und wurde gern mit dem weißen Fremdling geteilt.

Einmal, als Eduard unterwegs an einem Lagerplatz der Chippewa Halt machte, fand er im Zelt des Häuptlings schon andere Gäste vor. Die Familie hatte nur, was für sie selbst reichte: getrocknetes Fleisch mit Mais. Selbstverständlich war er eingeladen. Der Kessel wurde vom Feuer genommen und in die Mitte gestellt. Alle setzten sich im Kreis um den Kessel. Einer ergriff den großen hölzernen Löffel, füllte damit drei- bis viermal schnell hintereinander den weit geöffneten Mund, und schob ihn seinem Nebenmann zu, der dasselbe tat, bis der Löffel der Reihe nach auch an ihn kam. Eduard war aber einen so riesigen Löffel nicht gewohnt, so dass ihm das meiste zu beiden Seiten des Mundes verloren ging. Das wäre zum Lachen gewesen, wenn die anderen hungrigen Männer nicht schon gewartet hätten. Er musste rasch noch etwas hineinbekommen, bevor er den Löffel weiterreichte. So ging er die Runde, bis der Kessel leer war. Denn wo der Hunger sein Recht fordert, ist das Essen bitterer Ernst.

Während des Mahls wurden wenige Worte gewechselt; danach lagerten die Männer mit den Füßen zum Feuer und waren dem Gespräche offen. Eduard war begierig, ihre Weltanschauungen kennen zu lernen. Wo es keine geschriebene Literatur gibt, geschieht das zumeist durch Märchen und Sagen, die seit Jahrhunderten im Volke lebendig sind.

> Die Indianer sind überzeugt, dass die ganze Welt voller Geister ist, welche sie die ›Manitus‹ nennen. Die ›Manitus‹ wohnen in Bergen und Felsen, in Flüssen und Seen, in Wasserfällen und Sturmwinden, können aber auch die Gestalt der Menschen und Tiere annehmen oder in Steinen und Bäumen Wohnung machen. Die meisten ›Manitus‹ sind weder gut noch böse, haben aber die Macht, den Menschen zu nützen oder zu schaden. Auch die verschiedenen Winde sind ›Manitus‹. Besonders gefürchtet ist ›Kiwedin‹, der Nordwind, weil er im Winter so viel Not bringt.
> Über alle ›Manitus‹ aber herrscht ein Gott. Es ist ›Kitschimanito‹, der große Geist.

Bei Krankheiten werden zunächst die Zauberer und Medizinmänner befragt. Die behaupten dann, die Manitus zu zitieren, indem sie den Sitz der Krankheit, wie auch ihre Ursache und ihre Heilung angeben.

Schon länger litt Bemassikeh an der Auszehrung, wollte gern wieder gesund werden, und fragte auch Eduard um Rat. Da er ihm mit Medikamenten zwar ein wenig Linderung verschaffen, aber keine Heilung versprechen konnte, ließ der Häuptling von fern her einen berühmten Medizinmann kommen. Der baute sich von Pfählen und Bast eine tonnenartige Hütte im Dorf, in welche er von oben hineinsprang und drinnen seinen Zauber begann. Von Klappern und Trommeln begleitet, sang er mit mächtiger, weithin schallender Stimme seine Beschwörungsformeln. Nach langem Sang hielt er plötzlich inne und schwieg.

»Was ist los?«, rief der Häuptling.

»Die Manitus wollen nicht kommen«, antwortete der Zauberer.

»Warum nicht?«

»Sie sagen, der weiße Mann sei viel zu nahe.« Damit zeigte er empört auf Eduard. Denn ohne zu wissen, um was es sich handelte, war dieser angelockt vom Fackelschein und dem nächtlichen Zaubergesang an das Lager seines kranken Freundes getreten.

Bemassikeh besänftigte den Zauberer und bestellte ihn zum nächsten Vollmond an einen einsamen Ort im Walde. Nach der üblichen Vorbereitung erscholl denn auch hier der Zaubergesang mit mächtiger, weit in die Nacht hinein schallender Stimme.

Ein andermal befand Eduard sich auf der Rückreise von einem benachbarten Stamm. Nichtsahnend ritt er in der Nacht des vollen Mondes am Fluss entlang. Da hörte er vom anderen

Ufer her einen machtvollen Gesang. Das erschien ihm merkwürdig, denn er wusste, dass dort keine Indianer wohnten. Deshalb wollte er allzu gern wissen, was hier los war.

Er stieg also vom Pferde, band es an einen Baum und ging zum Fluss hinunter. Am Ufer lag ein Kanu, ein ausgehöhlter Baumstamm. Dieses schob er in den Fluss, stieg hinein und paddelte vorsichtig dem Gesang entgegen. Er wollte unbemerkt hinübergelangen. Doch das vereitelten die Hunde, die ihn inmitten des Flusses witterten und anschlugen. Sofort verstummte der Gesang.

Als er ans Ufer trat, war alles totenstill. Doch sah Eduard eine Anzahl seltsamer Gestalten dampfend auf der Erde liegen, bis über den Kopf mit Decken verhüllt. Wie Mumien lagen sie da, starr und stumm, ohne sich zu rühren. Langsam ging er zwischen ihnen durch. Keine Seele regte, kein Mund öffnete sich. Sie hatten sich nach altem Ritual eine Schwitzhütte – einer nordischen Sauna vergleichbar – gebaut, um mit gewaltiger Hitze ihre Körper und Seelen zu reinigen.

Am Feuer aber saß wieder der fremde Zauberer, schaute ihm grimmig ins Gesicht, ohne ein Wort zu reden. Dass hier etwas nicht richtig war, merkte Eduard wohl, konnte aber damals noch nicht wissen, was dahintersteckte.

Erst viele Monde später erzählte ihm Shegonabah, der Sohn des Häuptlings, dass es sich um eine Geisterbeschwörung gehandelt habe. Er meinte, dass Eduards Erscheinen auch dieses Mal die Manitus am Kommen gehindert habe, weil sich die Geister der Natur vor dem bleichgesichtigen Mekadakonjeh gegruselt hätten.

Solcher Aberglaube war tief verwurzelt und machte es dem Missionar nicht gerade leicht. Später ist es Eduard aber doch gelungen, Waffenstillstand mit einem berühmten Zauberer und Medizinmann zu schließen. Ja, er wurde sogar selbst als ein solcher angesehen.

Bisweilen musste er nämlich in der Not den Doktor spielen, sowohl auf Reisen als auch daheim. Einige Kenntnisse hatte Eduard ja von seiner Leipziger Missionarsausbildung her, und sie in Gesprächen mit Doktor Klapproth aus Frankenmuth sowie durch Lektüre medizinischer Ratgeber stetig erweitert. Auch war ein bescheidener Vorrat an Allerweltsarznei vorhanden. Er führte eine kleine Reiseapotheke mit sich und kannte heilende Kräuter.

Durch Vertreibung böser Sumpf- und Waldfieber, welche die Siedler monatelang plagten und von den amerikanischen Ärzten nicht geheilt werden konnten, hatte sich Eduard bereits unter den Franken einen gewissen Ruf als Heilkundiger erworben. Und war am Ende auch unter den Chippewa als *Kitschimuschkikiwinini* (Großer Medizinmann) bekannt.

Diesen Titel hat er von einem alten Zauberer erhalten. Der wohnte allein an einem Flusse, einem Nebenzweig des Pine River. Viele Indianer kamen meilenweit her, um sich Rat und Hilfe zu holen. Eines Tages aber wurde der große Zauberer selbst schwer krank. Da seine eigenen Mittel nicht helfen wollten, ließ er sich von Bemassikeh bewegen, den Missionar zu rufen. Eduard kam, besah ihn und fand, dass nur ein ordentliches Brechmittel helfen konnte. Er besorgte also eine Flasche Medizin, die allerdings wie reines Wasser aussah, ohne Geruch und Geschmack. Davon sollte er die eine Hälfte gleich nehmen und wenn keine Wirkung erfolge, in einer halben Stunde die andere.

Der Zauberer aber meinte, Eduard wolle ihn foppen, und sagte: »Habe ich denn nicht Wasser genug im Fluss hier? Was soll mir diese kleine Flasche denn? Und davon auch nur die Hälfte trinken? Unsinn!« Damit trank er die ganze Medizin auf einmal, in der festen Überzeugung, es sei nur Wasser. Aber bald änderte er doch seine Meinung. Die Medizin fuhr dem Ungläubigen allsogleich in Leib und Gedärm. Er wand und krümmte sich in qualvollen Krämpfen. Wenig später erfolgte ein so starkes Erbrechen, dass er sich kurz darauf schon besser fühlte. Da sagte er zu sich: Wahrlich, unser weißer Bruder muss ein großer Medizinmann sein, wenn er mit einem Fläschchen Wasser solche Wirkung hervorbringen kann.

Schnell sprach sich das Wunder herum und bald schon musste Eduard auch anderen Indianern helfen, Wunden heilen, Zähne ziehen und anderes mehr.

> Die Indianer sehen die Erde als ihr Paradies. Sie schlagen ihre Wigwams oder Zelte auf, wo sie wollen, fällen nur so viele Bäume, wie sie brauchen, und wenn sie Hunger haben, jagen sie das Wild, das sie gerade auftreiben können. Sie arbeiten nur, um zu leben. Aber wie lange noch?
> Sehr zum Ärger der Europäer arbeiten die Indianer nicht gern für fremde Herren und schon gar nicht in Fabriken. Häuser aus Stein sind ihnen verhasst. Sie mögen keine Miete zahlen, kennen keine Steuern und Abgaben, brauchen weder Polizei noch Militär. Es gibt keinen Schulzwang. Noch fangen sie Fische, wo und wann es ihnen beliebt,

und jagen ohne Jagdschein. Nach der Weisheit des Schlaraffenlandes wären sie demnach glücklich. Aber sind sie es wirklich?

Am Ende nämlich trägt auch der Indianer seine Ängste und seine Freuden mit sich selbst tief in seinem Herzen. Nicht der armselige Wigwam, nicht der glänzende Palast, nicht die weiße und nicht die rote Hautfarbe macht uns glücklich oder unglücklich.

# Das Schiff aus Stein

*»Düstere Wolken waren am Himmel aufgezogen. Was ich in den Detroiter Gazetten las, klang bedrohlich. Ein Amtsbruder nahm mich während der Synode beiseite und sagte, mit meiner Mission käme ich zweihundert Jahre zu spät. Ich stünde auf der falschen Seite.*

*Systematisch würden die Indianerstämme von der Armee in die Prärie- und Wüsten-Reservate westlich des Mississippi vertrieben. Der »Weg der Tränen« sei auch für die Ojibwa vorgezeichnet. Sie hätten es bislang ohnehin besser als die anderen Indianer gehabt, doch jetzt gäbe es in Washington keine Nachsicht mehr. Viele Stämme seien schon über die Großen Seen in den kanadischen Norden geflohen.«*

Häuptling Bemassikeh setzte seine Besuche im Pfarrhaus fort. Dem Christentum stand er nach wie vor nahe und blieb ihm dennoch fern. »Glaube nicht, dass ich nicht darüber nachdenke. Wenn ich allein in den Wäldern bin, grüble ich viel darüber nach. Das tue ich auch nachts auf meinem Lager. Aber es braucht Zeit, das alles gründlich zu durchdenken.«

Im Frühjahr rüstete sich Eduard zu einer längeren Reise nach Chicago, wo er eine Synode, eine Ratsversammlung der Geistlichen, besuchen wollte. Als Bemassikeh davon hörte, sagte er: »Da habe ich eine Bitte an dich. In Detroit hat der Agent für Indianer sein Büro. Für ihn will ich dir eine Rede mitgeben, damit er sie dem Großen Vater überreiche.«

Am Abend vor der Abreise kam der Häuptling in sein Haus und redete zwei Stunden lang mit großer Kraft, wobei er seinen Freund eindringlich ansah und ihn stellvertretend als den amerikanischen Präsidenten anredete.

Eduard kam sich dabei naturgemäß nicht sehr gut vor.

»Großer Vater, hast du noch im Gedächtnis, was du gesagt hast, als du mein Land haben wolltest? Ich weiß es noch sehr genau und habe es nicht vergessen. Ich will dich an deine Versprechen erinnern. Und ich will so zu dir reden, dass es dir durchs Herz gehen soll. Du sagtest, du wolltest für mich sorgen. Ich und mein Volk sollten keine Not leiden. Meine Kinder sollten prächtig bekleidet gehen, und meine Frau würde ich gar nicht wiedererkennen, wegen der schönen Kleider und der Juwelen, die sie tragen würde. Aber so oft ich mich umsehe …« – dabei sah er nach seiner Frau, die neben Ulrica an Eduards Seite saß – »… so oft ich mich nach meiner Frau umsehe, kenne ich sie doch noch sehr gut wieder. Von den schönen Kleidern aber und von den Juwelen sehe ich nichts. Und mein Volk ist ärmer als je zuvor. Du hast mir mein Land genommen, und ich habe nichts dafür bekommen. Nun bin ich alt, und du kannst und brauchst für mich nur noch wenig tun, denn ich werde bald zu meinen Vätern gehen und zu den Vätern meiner Väter. Aber da sind meine Kinder, und für die kannst du noch etwas tun. Das vergiss nicht!«

In solcher Weise redete er mit großem Ernst zum Präsidenten der Vereinigten Staaten, dass es Eduard das Herz umdrehte. Denn Bemassikeh meinte, dass es in der Hauptstadt der Vereinigten Staaten genauso einfach und rechtschaffen zugehe wie in seinen Wäldern und dass der »Große Vater« noch derselbe sei, der vor Jahren den Vertrag mit ihm geschlossen hatte. Er konnte sich nicht denken, dass so ein »Großer Vater« nur vier Jahre lang zu regieren hat und nach der Präsidentenwahl einem anderen »Großen Vater« Platz machen muss, und dass mit diesem Wechsel auch alle Beamten ausgewechselt werden.

Unter dem neuen demokratischen System ist es nämlich sehr leicht, wohltönende Versprechen zu machen, ohne sie einhalten zu müssen. Und das nutzen die Politiker in der Gewissheit, dass sie ihre Zusagen weder zu brechen noch zu erfüllen haben, da in vier Jahren ohnehin andere ihre Posten bekleiden werden.

> Es ist sehr schwer, den Indianern diese Zusammenhänge begreiflich zu machen. Sie glauben, der »Große Vater« wäre ein mächtiger Häuptling oder König, der so lange herrscht, bis er stirbt, und danach käme sein Sohn an die Macht, der die Versprechungen einhalten müsse.

Am anderen Morgen sattelte Eduard sein Pferd, ritt bis Saginaw und übergab es dort einem Farmer, der es mit seinen eigenen Pferden auf einer eingezäunten Wiese grasen ließ. In einer Art Postkutsche ging die Reise weiter bis zur Eisenbahnstation und dann mit dem Zug nach Detroit, wo er sogleich den Agenten der Indianer aufsuchte und ihm die Rede seines Häuptlings vortrug.

Der Agent schüttelte den Kopf: »Immer das gleiche Missverständnis! Was sollen wir denn tun? Wir bekommen aus Washington eine Summe Geldes, welche wir an die verschiedenen Stämme und Häuptlinge jährlich zu verteilen haben. Viel ist das nicht. Davon geht aber schon das meiste für die Verwaltung ab, ehe es zur Verteilung kommt. Geben wir den Wilden nun das restliche Geld in die Hände, so versaufen sie es ja doch nur oder werden von den Wirten und Händlern darum betrogen. Darum kaufen wir den Indianern lieber wollene Decken, Jagd- und Angelbedarf, Spaten, Äxte und dergleichen. Falls dann noch etwas übrig bleibt, bekommen sie es in barem Gelde.«

Im Zug auf der Weiterreise nach Chicago konnte Eduard die Zeitung kaum noch lesen. Die Buchstaben tanzten vor seinen Augen und die Worte des Agenten gingen ihm nicht mehr aus dem Kopf.

»Sie haben alles in allem ja Recht, Herr Missionar. Aber Sie kommen zu spät. Die Würfel sind gefallen, der Untergang der Indianer nicht mehr aufzuhalten. Diese Minderheit schmilzt wie der Schnee in der Sonne. Wir Weißen sind die Mehrheit. Um unser Überleben geht es.«

Problematischer wären die »Nigger«. Die schwarze Minorität vermehre sich wie das Vieh. Dieses Problem müsse gelöst werden. »Wir können sie doch nicht alle zu unseren Sklaven machen!«

Nach diesem Gespräch verfiel Eduard in einen Zustand tiefer Depression. Er fühlte sich geohrfeigt und gedemütigt. Auch wenn er auf der Synode von seinen Amtsbrüdern getröstet und geistig gestärkt wurde, er sah sich kaum noch als Kirchenmann. Und schämte sich seiner Haut.

Zu alledem erwartete Eduard auch noch, als er nach Saginaw zurückkehrte, eine sehr unangenehme Nachricht. Seinem freiheitsdurstigen Mustang war die Zeit auf der Koppel zu lang geworden. Er war kurzerhand über den Zaun gesprungen und davongelaufen. Auf einem erborgtem Pferd musste er heimreiten.

Wochen später, als er die Hoffnung längst aufgegeben hatte, sein geliebtes Tier je wiederzusehen, hörte Eduard plötzlich ein wohlvertrautes Wiehern vor seinem Fenster. Das Pferd war wieder da und forderte sein Salz. Es war achtzig Kilometer weit zwischen verschiedenen Farmen hindurch galoppiert, hatte zwei Flüsse überschritten und war den weiten Weg durch die Wälder richtig nach Hause gekommen. Auch schien es sich ordentlich etwas auf seinen Streich einzubilden, denn es war sehr lustig und vergnügt.

Auf dem Heimritt erhielt Eduard kurz vor Bethany die traurige Kunde: Bemassikeh ist tot!
    Jammernd und klagend liefen ihm seine Schüler entgegen und begleiteten ihn zum Pfarrhaus.
    Plötzlich und unerwartet war der Tod in die Urwaldgemeinde gekommen und hatte seinen Freund mit sich genommen. Der Häuptling hatte zwar oft davon gesprochen, dass er bald zu seinen Vätern und zu den Vätern seiner Väter gehen müsse. Doch hatte Eduard mit solcher Eile nicht gerechnet. Denn er hätte ihn gerne getauft. Das war insgeheim sein größter Wunsch. Doch drängen wollte er ihn nie.
    Bemassikeh stand dem christlichen Glauben sehr nahe, da war Eduard sich sicher. Nicht umsonst hatte er ihn in den

Urwald geholt. Mit seiner Weisheit und Güte war der Häuptling ihm nicht nur zum Bruder, sondern auch zum irdischen Vater geworden. Und nun hatte er ihm nicht einmal bei seinem Tode zur Seite stehen dürfen. Noch heute, vierzig Jahre danach, bekümmerte es ihn, dass er sich des großen Mannes nicht noch mehr angenommen hatte.

Bei seinem Sterben sei es sehr würdevoll zugegangen, erzählte Ulrica. Als sein letzter Kampf einsetzte, hätten alle Frauen ein eigentümliches Weinen angestimmt, das sich zu einem Mark und Bein durchdringenden Geheul gesteigert habe. Die Männer wären derweil stumm und regungslos mit ernsten Gesichtern um das Lager des sterbenden Häuptlings gesessen. Als sich sein Tod ankündigte, hätten die Frauen dem Sterbenden das Gesicht mit Tüchern verhüllt. Nach seinem letzten Aufbäumen habe sich der älteste der Männer erhoben und *Aschi!* gerufen – das bedeutet: »Es ist geschehen!«

Darauf erhoben sich die Männer, ergriffen ihre Jagdgewehre und feuerten vor dem Wigwam des Häuptlings mehrere Salven ab. Damit wollten sie den Verstorbenen im Totenreich anmelden.

Die nächsten Verwandten und Freunde färbten danach ihr Gesicht schwarz, ganz oder nur auf einer Seite oder nur mit einigen schwarzen Strichen – je nach Verwandtschaft oder dem Grad der Freundschaft.

Mit den besten Kleidern angetan, mit Feuerzeug, Kochkessel und Nahrungsmitteln versehen, wurde die Leiche aufgebahrt. Nacheinander traten die Frauen an den Toten heran und flüsterten ihm noch allerlei ins Ohr – Grüße an die Väter, Mütter,

Kinder und Freunde drüben im fernsten Westen, der anderen Welt.

Danach seien sie alle langsamen und gemessenen Schrittes zum Begräbnisplatz gegangen, wo die Grube bereits ausgehoben war. Statt eines Sarges wurde das Grab mit Birkenrinde ausgelegt, die Leiche hineingesenkt und mit Birkenrinde zugedeckt, so dass die Erde sie nicht berühren konnte. Dann wurde das Grab mit Erde zugedeckt. Dazu sang der Zauberer und schlug seine Trommel. Über das Grab wurden dünne Stämme gelegt, als ob man ein Blockhaus bauen wollte, etwa zwei Fuß hoch. Am Kopfende wurde eine Öffnung gelassen, die der Seele als Tür dienen sollte.

»Mein Vater wird auf der anderen Seite des Flusses meinem toten Mann berichten, wie es mir und dem Kinde seither ergangen ist«, erzählte Shania, als sie mit Eduard das Grab ihres Vaters besuchte.

Auch an diesem Tage waren trauernde Verwandte zu Bemassikeh gekommen und hielten ihre Mahlzeit unter freiem Himmel. Sie zündeten ein Feuer an, mit dem es eine besondere Bewandtnis hatte. In dieses Feuer gaben sie den Teil der Speise, die der Tote essen würde, wenn er noch lebte.

Das Feuer verzehre die Speise, sagte Shania. Durch die Kraft des Feuers werde alles unsichtbar und könne in das Totenreich zu dem Verstorbenen hinübergehen.

Ob sie das alles denn wirklich immer noch glaube, fragte Eduard.

Shania sah ihn verwundert an. »Warum denn nicht? Dir glaube ich ja auch alle deine schönen Geschichten.«

Auf eine Erwiderung verzichtete Eduard aus Respekt vor dem Toten.

Bemassikeh hatte, nach dem Glauben seiner Väter, noch eine lange Reise vor sich. Denn der Weg zum Sonnenuntergang, nach dem allerfernsten Westen, wo die Chippewa ihr Paradies vermuten, ist beschwerlich.

Soviel zum Todesritual der Chippewa. Die Männer aßen noch lange ihre Mahlzeiten am Grab ihres Häuptlings.

Auch von Shania musste Eduard endgültig Abschied nehmen. Das fiel ihm nicht leicht. Sie war ihm weit mehr als seine beste Schülerin und Gehilfin geworden. Und seiner Frau eine Freundin.

Schwarzer Büffel, ein entfernter Verwandter, der drei Tagesreisen entfernt einem anderen Stamm angehörte, wollte die Witwe seines Onkels bei sich aufnehmen.

Ob Schwarzer Büffel sie denn auch liebe, fragte Eduard leise, als Shania zur Abreise bereit auf dem Pferd saß.

»Natürlich«, erwiderte sie, »er ist doch der Neffe meines toten Mannes. Er muss mich lieben. Er bekommt eine tüchtige Frau. Da wird er sehr glücklich werden.«

»Und du, liebst du ihn denn auch?«

»Ja«, strahlte Shania. »Seine Tagliebe ist wie die verlorene Sonnenliebe meines Mannes, ruhig und sanft, und seine Nachtliebe ist … nun ja … Schwarzer Büffel ist meine dritte Liebe!«

Sie wandte sich ab und wollte davonreiten. Doch Eduard griff ihrem Pferd in das Halfter.

»Und die zweite?«

»Mekadekonjeh, willst du das wirklich wissen?«

»Ja.«

»Meine zweite war unglücklich. Da kam einmal ein Fremder in unser Dorf. Dem habe ich ein Haus gebaut und Kerzen aus Hirschtalg gegossen. Denn ich war sehnsuchtsvoll und wollte meinen Leib verbrennen, um ihm ein Licht zu sein …«

»Mir?«

»Ja, Mekadekonjeh, das weißt du genau, wenn du mir in die Augen schaust.«

Sie wandte ihr Pferd um und ritt davon.

Ich muss sie mir aus dem Herzen reißen, dachte Eduard. Es ist gut, dass sie ihren Weg geht. Shania.

Der Winter brachte ihn erneut in Todesgefahr.

Im Dezember wollte Eduard bei gutem Eise Ulrica und die kleine Theodosia auch einmal mit auf eine seiner Winterfahrten nehmen. Er hatte vor, eine Indianersiedlung der Ojibwa am Huronsee zu besuchen. Das bedeutete eine Schlittenfahrt von über 160 Kilometern. Eduard ahnte nicht, was er tat, und er hat es auch nie wieder getan. Das Eis der Flüsse ist im Grunde doch eine recht unsichere Straße.

Zuerst ging die Fahrt zwei Tage lang gut. Auf dem Eis des Pine River und des Chippewa-Flusses kamen sie rasch voran. Am dritten Tag aber fanden sie dort, wo der Saginaw-Fluss in den Huronsee mündet, einige Schlitten im Eis, die eingebrochen, festgefroren und verlassen waren. Die armen Pferde, im Geschirr gefangen, waren umgekommen und zum Teil von Wölfen zerrissen und angefressen. Ulrica drückte Theodosia an sich und hielt ihr die Hand vors Gesicht.

Knöcherne Skelette ragten aus dem Eis, an denen noch

blutige Fleischfetzen hingen. Oben drauf der Kopf, mit Raureif überzogen. Haut und Fellreste wehten im Wind. Dazu die angstvoll verdrehten Augen der Tiere, erstarrt im Todeskampf, wehrlos gegen die Rudel der reißenden Wölfe.

Ein gespenstisches Bild, grausig und gewaltig.

Aber das Schlimmste war, dass ihnen Ähnliches drohte, dass sie nicht mehr umkehren konnten, sondern auf dünnem Eis, das unter jedem Tritt ihres Pferdes krachte, möglichst schnell zwischen den Gerippen hindurcheilen mussten. Denn auf schwachem Eis darf man weder stillstehen noch langsam fahren, um nicht einzubrechen. Doch auch eine rasend schnelle Fahrt ist riskant, noch dazu mit Frau und Kind.

Zunächst kamen sie noch einigermaßen heil über die gefahrvolle Strecke.

An der Mündung des Stromes erblickten sie mehrere Männer in seltsamer Beschäftigung. Sie kauerten auf dem Eis, eingehüllt in wollene Decken oder Büffelhäute. Sie hatten Löcher in das Eis gehauen und ließen ihre Angelschnüre ins Wasser hinab. Als Köder waren silbrig glänzende bleierne Fischlein mit einem Haken an den Schnüren befestigt. So lockten sie die großen Fische herbei. Die schnappten nach dem vermeintlichen Fischlein und wurden so am Haken hinaufgezogen.

Unter den Eisfischern war auch der Häuptling des Indianerstammes, den Eduard besuchen wollte. Er kam mit langsamen Schritten auf ihn zu, grüßte förmlich und fragte, ob er ein wenig Brot für ihn hätte. Gern gab Eduard ihm sein letztes Stück gefrorenen Brotes. Und doch wunderte ihn die Art dieses Mannes. Denn Indianer, wie er sie bislang kennen gelernt hatte, baten und bettelten nie. Im Gegenteil. Sie brachten Geschenke, sehr oft Hirsch- und Bärenfleisch, sagten aber stets, dass sie nichts dafür haben wollten. Brot nahmen sie nur dann, wenn es als Gegengeschenk gegeben wurde.

Schon bei der Erziehung legen die Eltern großen Wert darauf, dass ihre Kinder die Augen senken oder den Kopf abwenden, dass ja kein Wunsch und Begehren, kein Durst und kein Hunger sichtbar werden könnten.

Auf dem Eis und beim Fischfang aber herrschten wohl andere Gesetze. Der Häuptling wies ihnen den Weg zu seinem Dorf und versprach, bald nachzukommen. Vergnügt verabschiedeten sich Eduard und Ulrica. Noch waren sie guter Dinge.

Als ihre Schlitten in den Huronsee hineinfuhren, begrüßte sie jedoch ein solch schneidender Eiswind, wie sie ihn bisher noch nicht kennen gelernt hatten.

Zum Glück hatte Eduard für seine kleine Tochter und für Ulrica, die im fünften Monat schwanger war, reichlich Decken und Felle eingepackt.

Die Eiseskälte aber war es nicht allein, die Not brachte.

Der Huronsee ist über viermal so groß wie das Königreich Sachsen und gut dreihundert Meter tief. In der Mitte des gewaltigen Gewässers befanden sich immer noch große eisfreie Flächen. Und jetzt trieb der starke Nordwind dieses Wasser den Reisenden entgegen, nach Süden, der Mündung des Flusses zu. Dabei wurde das Eis in die Höhe gehoben und musste zerbrechen. War aber das Eis erst einmal aufgesprungen, so erweiterte sich sofort der Riss. Es entstanden lange Wassergräben, die kein Übersetzen mehr erlaubten. So drohten sie vom Lande abgeschnitten zu werden.

In der Ferne kündigte sich das Unheil bereits mit einem lang gedehntem Krachen an. Immer näher kam mit heulendem Winde ein Knacken und Krachen, und schließlich ein Donnern wie von Kanonenschüssen. Das machte Angst. Um den Weg zu verkürzen und die ausgedehnte Bucht abzuschneiden, hatten sie sich ohnehin schon viel zu weit vom Ufer entfernt. Da erschollen plötzlich neue unheimliche Töne direkt vor ihrem Schlitten. Zu Tode erschrocken hielten sie an. James lief voraus, um zu sehen, ob man noch hinüber könne. Eilends kam er zurück und rief: »Es wird noch gehen.«

Als sie aber den Riss erreichten, war er schon so breit, dass Eduards Pferd scheute, während die anderen schon hinüber waren. Da lief ihm trotz bitterster Kälte der Schweiß über das Gesicht. In größter Not griff er zur Peitsche und schlug auf das arme Tier ein. Endlich machte es einen großen Satz und riss ihren Schlitten mit sich. Als er zurückschaute, sah er, dass der Spalt bereits so weit auseinanderklaffte, dass kein Hinüberkommen mehr möglich war. Kein Zweifel, sie waren in allerletzter Sekunde vor dem Tode gerettet worden.

Um nicht durch einen zweiten Riss erneut abgeschnitten zu werden, jagten sie in rasender Eile dem nächstliegenden Ufer zu.

Wie dankbar war die Missionarsfamilie, als sie noch vor Nacht die Lagerstätte der Chippewa erreichte, die sich sofort um sie sammelten und über ihre heile Ankunft freuten. Und wie gut tat es Eduard, wohlbehalten mit Ulrica und Kind im Wigwam zu sitzen und den Indianern vor dem wärmenden Feuer den Psalm zu übersetzen: *Der Herr ist mein Hirte! Mir wird nichts mangeln …*

Die Frau des Häuptlings bewirtete sie mit einem herrlichen Fischbraten, den ihr Mann mit dem Brotrest aus dem Eisloch gefangen hatte.

Nach dem Essen saßen alle noch lange beieinander, rauchten und schauten in das flackernde Feuer. Die Todesgefahr, die sie überstanden hatten, brachte das Gespräch immer wieder auf die letzten Fragen. Und schließlich erzählte der Häuptling:
»Wenn der Mensch gestorben ist, hält er sich noch eine Zeitlang in seinem Grabe auf. Es fällt ihm schwer, sich von seiner Familie und seiner Heimat zu trennen. Dann aber muss er doch die lange Reise nach dem fernen Westen antreten. Darum müssen ihn seine Verwandten ordentlich dafür ausrüsten, mit einem Kochkessel, mit Feuerzeug und auch mit guten Nahrungsmitteln. Auch ist es wichtig, ihm neue Mokassins an die Füße zu geben. Denn zuweilen sind die Wege sehr beschwerlich. Sobald der Tote im fernsten Westen angekommen ist, findet er einen breiten Strom vor sich und kann nicht weiter. Drüben sind die Wohnungen der Seligen, und er kann schon etwas von ihrem Singen und Jauchzen vernehmen, denn dort herrscht ein ewiges Feiern. Aber noch steht er am anderen Ufer und kann nicht hinüber. Der Strom ist viel zu tief und zu breit. Nach einer Weile jedoch gleitet ein kleiner Kahn auf ihn zu, mit dem er die Fahrt wagen kann. Der Kahn ist nicht aus Holz, sondern aus Stein gehauen. Die gute Seele des Menschen trägt er leicht hinüber. Nur seine Schuld kann er nicht ertragen. Wer ohne Schuld ist, kommt gut und sicher über den Fluss. Ist einer aber mit schwerer Schuld beladen, so darf er die Fahrt gar nicht erst wagen. Wagt er sie doch, so versinkt der Kahn unter

ihm, und er bleibt mitten im Strome stecken. Zurück kann er nicht, vorwärts aber auch nicht. Das Land der Seligen erreicht er nimmermehr.«

Am nächsten Tag erwartete die Missionarsfamilie bereits ein neues gefährliches Abenteuer. Jetzt musste die Reise auf demselben Wege wieder zurück gemacht werden. Es ging erst einmal besser, da wieder härterer Frost eingetreten war. Doch am dritten Tage kam ein plötzliches Tauwetter. Nun hatten sie eigentlich nur noch den Urwaldfluss, gut fünfzig Kilometer weit, hinaufzufahren.

Sie fuhren jetzt mit drei Schlitten hintereinander. Der Kundigste, ein Händler, übernahm die Führung. Dann folgte Eduards Schlitten, in dem auch Ulrica mit der kleinen Theodosia im Arm saß. Die Nachhut bildete James mit zwei Indianern im eigenen Schlitten.

Die Stromschnellen waren noch zugefroren, aber das Eis darüber war sehr dünn geworden. Als es nun anfing zu krachen und die Schlitten, in einigem Abstand voneinander, schnell darüber hinzukommen suchten, brach der vorderste ein. Pferd und Schlitten sanken in die Tiefe. Um nicht mitzuversinken, warf sich der Händler vor dem Schlitten flach auf den Boden. Aber das Eis brach auch unter ihm und er versank. An den Stromschnellen ist die Tiefe zwar geringer, doch immer noch groß genug, Pferd und Mann in den Tod zu reißen.

Sofort eilten James und die Indianer vom letzten Schlitten herbei und zogen ihn heraus. Auch Eduard stieg ab, um zu helfen. Da ertönte hinter ihm ein weiteres Krachen, und als er sich

*Bethany, Kirche und Schule*

umwandte, sah er Ulrica und seine Tochter mit Schlitten und Pferd in die Tiefe sinken. Doch schnell wie der Wind sprangen weitere Indianer, die am Ufer standen, herbei. Einer ergriff das schreiende Kind, ein anderer zog Ulrica aus dem eiskalten Wasser. Noch ehe Eduard mit schweren Stiefeln auf dem glatten Eise hinzueilen konnte, liefen sie mit ihnen in den Wald. Da er Frau und Tochter geborgen wusste, musste Eduard sein Pferd zu retten suchen, welches gewaltig arbeitete und, sich in seinem Geschirr verwickelnd, bald den Tod gefunden hätte. Erst nachdem es in Sicherheit war, konnte er an Schlitten und Ladung und zuletzt auch an sich selbst denken. Aber hier waren der Hände viele, und so ward am Ende alles gerettet und über die böse Stelle hinübergebracht.

Danach wurde die nasse Fahrt noch zwanzig Kilometer weit fortgesetzt. Glücklich erreichten sie Bethany und ihr Blockhaus.

Aber eine solche Fahrt mit Frau und Kind unternahm Eduard niemals wieder.

Darüber, wie es im Reich der Toten zugeht, sprach er bald darauf mit drei alten Chippewa, die am Sonntag nach dem Gottesdienst auf den Baumstümpfen im Kirchgarten sitzen geblieben waren. Eduard versorgte sie mit Tabak, und so begannen sie schmauchend ihre Geschichten zu erzählen.

Auf die Frage, wie sie sich ihren Zustand nach dem Tode dächten, antwortete ein Alter mit langen weißen Haaren:

»Vor vielen, vielen Wintern hat einmal ein Franzose eine wunderschöne Indianerin zur Frau gehabt. Die beiden liebten einander von ganzem Herzen. Als der Franzose aber eines Tages wegen seiner Pelzeinkäufe nach dem Westen reisen musste, ließ er seine junge Frau bei ihrem Stamm zurück. Im Westen angekommen, sah der Franzose eines Abends plötzlich im Walde eine junge Frau auf sich zukommen, die war ebenso schön wie die seinige. Ja, sie sah sogar aus wie ihr Spiegelbild, streckte ihre Hände nach ihm und lockte ihn mit verzehrenden Blicken. Er aber scheute sich und bewarf sie mit Tannenzapfen. Da verschwand sie. Wenig später kam eine Gruppe Indianer mit den schönsten Pelzen an sein Feuer. Der Franzose bot Werkzeuge, Perlen und Tücher zum Tausch und war bald alle seine Gegenwerte los. Nur musste er sie zuvor alle ins Feuer werfen. Anders wollten die Indianer sie nicht nehmen. Zufrieden schlief er auf seinen Pelzen ein. Als nun der Morgen graute und der Franzose seine Pelzwaren besah, da waren es nur noch hässliche, alte Baumrinden. Denn die Menschen in Totenreich sind nur des Nachts sichtbar, und ihre Güter sind nur des Nachts Güter.«

»Ja und die Frau?«

»Hast du es immer noch nicht verstanden?«, schmunzelte der Alte und nahm einen langen Zug aus seiner Pfeife. »Als der Franzose nach vielen Wochen, arm und ohne Ware, zum Stamm seiner Frau zurückkehrte, war sie gestorben und lag längst schon im Grabe. Die schöne Indianerin im Wald, die er mit den Tannenzapfen verjagt hatte, war nämlich seine wahrhafte Frau gewesen. Sie war kurz nach seiner Abreise gestorben und schneller in den Westen gekommen als er. Darüber ist er sein Leben lang nicht mehr froh geworden.«

»Und das glaubt ihr?«, fragte Eduard.

»Ja. Das glaube ich.«

»Aber woher habt ihr diese Geschichte?«

»Von meinen Voreltern habe ich sie«, antwortete der Alte, »denen haben es ihre Voreltern erzählt, und so geht's hinauf bis zu dem Manne, der es wirklich erlebt hat. Wir glauben nämlich nur das, was wir glauben wollen.«

Die beiden anderen Alten nickten dazu, lächelten und qualmten ihre Pfeifen.

»Außerdem ist es doch so: Vor über hundert Wintern haben sich viele Chippewa von den französischen Schwarzröcken schon einmal taufen lassen. Aber der neue Glauben hat ihnen wenig genützt. Einmal ist nämlich so ein betender Indianer gestorben. Er war ein Christ geworden, hatte nur eine einzige Frau, rauchte nicht, trank nicht und ging jeden siebten Tag zur Kirche. Und dabei hat er eine sehr schlimme Erfahrung gemacht. Das kam nämlich so: Wochenlang lag er krank und wie tot in seinem Wigwam. Sein Geist war schon völlig abwesend, aber es war immer noch etwas Atem in ihm. Deshalb warteten seine Verwandten mit dem Begräbnis. Plötzlich aber kam er wieder zu sich und erzählte: ›Nachdem ich gestorben war, bin ich an die Tür zum Himmel der Weißen gekommen. Aber da hat man mich nicht hineingelassen und gesagt: Dies ist bloß für die Weißen, die roten Leute gehören nicht hierher. Darum bin ich wieder zu euch zurückgekommen.‹ Nach einiger Zeit fiel der betende Indianer aufs Neue in sich zusammen und lag tagelang wie erstarrt auf seiner Pritsche. Aber auch diesmal kam er wieder zu sich und sagte: ›Da bin ich gerade eben ein zweites Mal tot gewesen und an den Himmel der Indianer gekommen. Aber da hat man mich auch abgewiesen und gesagt: Du bist ja ein betender Indianer. Hier wird nicht gebetet, geh fort! Und so bin ich nochmals wiedergekommen, da man mich nirgends annehmen will. Ich halte es nun für das Beste, das Beten wieder aufzugeben und in alter Indianerweise zu leben, um doch wenigstens noch in den Himmel der Indianer zu kommen.‹ Das tat er denn auch, starb zum dritten Mal und kehrte niemals wieder. Seitdem fürchten sich unsere Menschen vor der Taufe, weil sie dadurch ihren eigenen Himmel verlieren und den Himmel der Weißen doch nicht gewinnen. *Nindikit.*«

»*Aouh!*«, bestätigten die beiden anderen.

Eduard sagte nichts dazu.

Auch in Eduards Gemeinde kehrte bald schon der Tod ein. Er holte sich Palen, eine junge Frau von sechzehn Jahren. Eduard hatte sie Pauline getauft und vor zwei Jahren mit Peter Naugassike verheiratet.

Als er merkte, dass nach der Geburt ihres zweiten Kindes die Auszehrung nicht aufzuhalten war, sah er sich auf dem

Missionsgelände nach einem geeigneten Gottesacker um. Auf der erwählten Stätte rodete er mit einem Gehilfen den Boden und umzäunte ein Geviert. In der Mitte errichteten sie ein hohes Kreuz.

Dort hielt Eduard das Begräbnis. Da kein Sarg zu beschaffen war, musste Paulines Leib, in weißem Sterbekleide, nach Indianerweise mit Birkenrinde umgeben werden. Und doch wurde es eine christliche Totenfeier. Seine Schülerinnen und Schüler sangen:

> *Wenen gekendang n'dishquasewin?*
> *Majisewon gishigodong;*
> *nibowin biginibimagut*
> *chishquaseg nimbimat'ziwin ...*

> *(Wer weiß, wie nahe mir mein Ende?*
> *Hin geht die Zeit, her kommt der Tod.*
> *Ach, wie geschwinde und behände*
> *Ereilt mich meine Todesnot ...)*

Für die Gemeinde war das etwas völlig Neues. Kein wilder Zaubergesang, von Trommel und Klapper begleitet, kein markdurchdringendes Klagegeschrei der Frauen. Und auch keine trunkenen Männer, die im Schmerze mit der Leiche taumelten. Stattdessen stille Andacht und Tränen der weißen wie der roten Bewohner von Bethany. Mit unbeweglicher Miene und gefalteten Händen stand Peter, ihr siebzehnjähriger Mann, an der Grube.

Als Paulines Leichnam ins Grab gesenkt wurde und Eduard mit den Worten »Erde zu Erde, Staub zum Staube« eine Handvoll Erde auf sie warf, erklang plötzlich ein tiefes Stöhnen.

Eine uralte Frau brach bei diesen Worten in sich zusammen, fing laut an zu wimmern und wiederholte immer wieder: »Ja, Erde zu Erde, Staub zum Staube!«

Das war die Großmutter der Heimgegangenen. Sie war bislang den Predigten ferngeblieben. Bei der ersten Ratsversammlung hatte die alte Kriegerin mit dem Skalp in der Hand gegen Eduards Aufnahme in den Stamm protestiert. Hier aber brach ihr steinernes Herz, und bald darauf kam sie zum Unterricht und zur Taufe. Eduard gab ihr den Namen Sarah.

Sarah Miksiwe war nicht die einzige, die von diesem Begräbnis an ihre Umkehr datieren konnte. Denn fortan kamen immer mehr Chippewa zum Unterricht und zur Taufe.

# Die ihren Weg geht

*»Bethany, Haus des Elends, hatte ich bei meiner Ankunft unsere arme Niederlassung an der Biegung des Flusses getauft. Doch so manches hatte sich nach fünf Jahren geändert.*

*So auffällig war diese Veränderung, dass Pastor Sievers, der Präses der Missionskommission, bei seinem Besuch meinte: »Das muss ich dir gestehen, lieber Bruder, soweit habe ich es noch mit manchem unserer Deutschen nicht gebracht, wie du mit deinen Indianern.«*

*»Nun ja, und ich muss dir bekennen, dass ich darüber niemals gepredigt und auch niemanden ermahnt habe. Meine Gotteskinder haben sich das ganz von selbst in unserem Hause abgeschaut. Und was ihnen richtig erschien, übernahmen sie aus freien Stücken.««*

Nach dem Kaffee bestaunte Pastor Sievers die Blumenpracht in Ulricas Garten und schwärmte. »Ach, welch ein Wunder! Wie der Herr doch alles so herrlich gemacht hat!«

»Der Herr nicht allein«, widersprach Eduard. »Auch meine liebe Frau!« Denn die Schönheit des Gartens war vor allem ihr Werk gewesen.

Ulricas Anteil am Gedeihen der Mission war in der Tat gewaltig. Er müsste ein eigenes Buch darüber schreiben und es *Ningae* nennen, dachte Eduard. *Ningae* nämlich – das bedeutet Mutter – war Ulricas Name unter den Chippewa.

Sogar in der äußeren Erscheinung zeigte sich der sanfte Einfluss seiner Frau. Während die Chippewa früher nichts zu waschen pflegten, sondern, was sie anhatten, immerfort trugen, bis es zerrissen war, gab es jetzt jede Woche einen Waschtag unter Ulricas Anleitung. Und am siebenten Tag kamen fast alle mit reiner Wäsche und glatt gekämmten Haaren zum Gottesdienst.

Dass ihr Heim allen offen stand und besonders den Christen wie ein Elternhaus war, hatte viel dazu beigetragen, die Umgangsformen zu ändern. Andererseits waren Ulrica und Eduard in mancher Hinsicht fast selbst schon auf dem Wege, zu Indianern zu werden.

Ganz in der Nähe ihres Hauses wohnte eine sehr respektable Familie. Der Mann hieß Pemagojin. Sein Sohn Kiwedin, der Nordwind, war ebenfalls unter den ersten Täuflingen. Seine Mutter folgte bald mit ihren anderen Kindern. Einzig ihr Mann blieb hartnäckig. Dabei zog es ihn immer wieder in das Missionshaus. Dort pflegte er still zu sitzen, freundlich zu lächeln und seine Friedenspfeife zu rauchen. Wenn Eduard verreist und seine Frau allein unter den Chippewa war, hielt er es für seine nachbarliche Pflicht, im Blockhaus seine Pfeife zu rauchen und gleichsam Ulrica zur Beruhigung dazusitzen. Natürlich konnten die beiden nur wenige Worte miteinander wechseln; aber das tat nichts, da er ohnehin gern schweigsam war. Hin und wieder brachte er noch den einen oder anderen

Indianer mit, und so saßen sie den ganzen Abend bis zehn oder elf Uhr in der Wohnstube bei Eduards Frau und redeten hin und wieder miteinander. Ulrica, die damals noch nicht verstehen konnte, was sie sagten, war anfangs ein wenig beunruhigt. Am Ende aber merkte sie, dass es gut gemeint war und Schutz für sie als fremde weiße Frau bedeutete.

Auch wenn Eduard daheim war, kam Pemagojin gern, setzte sich und schwieg vor sich hin. Um eine Unterhaltung zu beginnen, holte Eduard die *Kaiserswerther Bilderbibel*, welche er im Schulunterricht beim Erzählen der biblischen Geschichte mit Erfolg zu nutzen pflegte. Denn die Indianer, die von ihren Augen leben und Wild im Walde und Fische im Fluss sehen, haben für die Bilderschrift ein scharfes Auge und gutes Verständnis.

Diese Bilder erklärte Eduard nun eins nach dem anderen, wobei er dann ein freundliches Gebrummel als Zeichen der Zufriedenheit erhielt. Sobald er Pemagojin aber fragte, ob er sich denn nicht bald entschließen wolle, Christ zu werden, so antwortete er stets kurz und sehr bestimmt: »*Ka, Kawin!* Nein, niemals!«

So ging es sehr lange fort. Dabei kam er immer wieder, saß oft stundenlang über den Bildern, und ging ebenso still, wie er gekommen war. Doch bemerkte Eduard, dass er mit der Zeit seinen Kopf immer tiefer hängenließ. Fragenden Blicken wich er aus und antwortete ein ums andere Mal kopfschüttelnd: »*Ka, Kawin!* Nein, niemals!«

Eduard fand sich damit ab, dass es sinnlos war, und drängte nicht weiter.

Eines Tages jedoch kam Pemagojins Frau freudestrahlend ins Blockhaus und baute sich direkt vor ihm auf.

»Was ist?«, fragte Eduard. »Warum strahlst du so?«

»Jetzt«, sagte sie. »Jetzt ist es so weit! Mein Mann will Christ werden. Aber er schämt sich.«

Wenig später stand Pemagojin auf der Schwelle.

Der Unterricht begann.

Der alte Mann war gelehrig wie ein Kind. Seine wilde Wissbegier zu stillen, war für Eduard eine besondere Freude.

Pemagojin hatte sich lange besonnen. Das hatte seine Gründe. Er hielt es für geraten, nicht nur die Lehre, sondern auch die Taten und die Lebensweise des Fremdlings zu prüfen. Nachdem er Eduard und Ulrica drei Jahre lang beobachtet hatte, war sein Entschluss kein übereilter.

> Da die Indianer so oft von den Europäern betrogen wurden, sind sie sehr misstrauisch und vorsichtig. Ihren Stolz aber haben sie sich bewahrt. Die Erstbewohner sehen sich als die eigentlichen Herren des Landes und die Weißen als Eindringlinge und Zerstörer ihrer Jagdreviere.

Als es zur Taufe kam, hatte Pemagojin all seine Wildheit abgelegt. Das Pfarrhaus war für ihn wie ein Vaterhaus. Wenn er für einige Tage zur Jagd gehen wollte, so führte sein letzter Gang stets zu Ulrica und Eduard. Und wenn er heimkehrte, so ging sein erster Weg zurück in ihr Haus.

Wenig später kam, geführt von ihrem Urenkel, die blinde Großmutter der so früh verstorbenen Pauline. Sie war die älteste Frau des Stammes, die Zahl ihrer Winter wurde auf weit über hundert geschätzt. Sie selbst wusste nur, dass sie im vorigen Jahrhundert zur Zeit des indianischen Befreiungskrieges unter dem Häuptling Pontiac ein fast schon erwachsenes Mädchen gewesen war. Denn sie war stolz darauf, gegen die Engländer gekämpft zu haben. Demnach mochte sie weit über hundert Jahre alt sein.

Man nannte sie »Mutter der Chippewa«. Lange Zeit war sie als Mörderin gesucht worden, denn sie gehörte damals zu den gefürchteten »Mädchen mit dem Tomahawk unter dem Kleid«. Eduard fragte nicht, ob sie ihre blutigen Taten bereue, sondern sagte nur: »Deine Sünden sind dir vergeben!«

Trotz ihres biblischen Alters lernte sie ebenso gut wie andere und war geradezu selig, als sie auf den Namen Sarah getauft wurde. Nun wollte sie allsogleich auch gern sterben, um möglichst rasch in den Himmel zu kommen.

Aber sie starb nicht an der Taufe, wie sie wohl erwartet hatte, sondern war munterer als je zuvor und fehlte in keinem Gottesdienst. Auch im Winter, wenn sie gut fünf Kilometer entfernt bei den Ihrigen wohnte, nahm die blinde Frau am Sonntag den Stab in eine Hand, legte die andere auf die Schulter ihres Urenkels, und wanderte so über Stock und Stein zur Kirche. Sie blieb dann über Mittag, um auch am Nachmittagsgottesdienst noch teilnehmen zu können. Die Erfrischungen, die ihr Ulrica reichte, nahm sie dankbar entgegen und ging danach, wie sie gekommen war, wieder durch den Wald in ihre Baumrindenhütte zurück. Wenn Ulrica sie dort besuchte, war sie ebenso freigebig. Sie suchte, fingerte und fühlte um sich herum, bis sie einige aus Ahornzucker gegossene Schildkröten und Bären fand, die sie mit großer Freude verschenkte.

Immer wieder zog es Eduard hinaus in die Wälder. Im Sommer fand er zunehmend Vergnügen an seinen Reisen als »Seelenfänger«. Im Winter allerdings forderten sie oft die letzte Kraft, wenn der Frost sehr stark war und Temperaturen unter vierundzwanzig Grad erreichte. Doch inzwischen hatte er sich auch daran gewöhnt. Nachtlager im Schnee gehörten nun mal zum Winter. Nur einmal noch geriet er in Todesgefahr. Der Winter brach allzu früh herein.

Eduard hatte wieder einmal den Nachbarstamm besucht, bei dem Shania jetzt mit ihrem Kind und ihrem neuen Mann Schwarzer Büffel lebte. Er hätte die beiden gern christlich getraut. Doch dann sah er, dass der junge Cousin ihres ermordeten Mannes noch eine zweite Frau, die liebreizende Rote Birke, und weitere Kinder in seinem Wigwam hatte. Shania schien das wenig zu bekümmern und Eduards Belehrung über einen christlichen Ehestand widersprach sie mit Heftigkeit. Großherzig wäre es und lobenswert, dass Schwarzer Büffel sie mit ihrem Sohn in sein Zelt genommen habe. Es sei weder eine Sünde noch eine Schuld! Und Rote Birke sei ihre beste Freundin. Dabei hatte ihr Blick fast etwas Feindseliges.

Eduard war zutiefst enttäuscht, als er sah, wie schnell seine Worte vergessen waren und selbst bei seiner liebsten Schülerin nichts mehr galten. Andererseits: Was hatte er dem harmonischen Zustand ihres neuen Lebens entgegenzusetzen?

Beim gemeinsamen Mahle hockte er nur noch schweigsam

im Kreise dabei, löffelte missmutig seinen Teil aus dem rundgehenden Topf, wich den prüfenden Blicken der beiden Frauen aus, und erinnerte sich später, dass ihn ein ungehöriges Gefühl packte und qualvolle Träume auslöste. Die halbe Nacht lag er im Zorne wach und glaubte, die beiden Frauen im Gleichklang mit ihrem gemeinsamen Gatten atmen zu hören. Sein Kopf fieberte, wenn er daran dachte, wie Bemassikehs Tochter ihm beim Abschied von Bethany ihre Liebe erklärt hatte.

Am nächsten Morgen, als Eduard sein Pferd bestieg, hatte sich die unheilige Familie zum Abschied vor dem Wigwam versammelt. Er sah, wie sich Rote Birke an ihren Mann schmiegte, während dieser seiner zweiten Frau den Arm auf die Schulter gelegt hatte. Shania schaute ihn dabei sehr ernst an und spielte mit ihrem Zopf.

Eduard war verwirrt, kam nicht mehr zurecht mit seinen Gedanken. Die Zweitfrau, pochte es unablässig, die Zweitfrau spukte es in seinem Kopf herum.

Über Nacht war tiefer Schnee gefallen. Die Winterlandschaft glitzerte märchenhaft und voller Frieden, blau strahlte der Himmel über ihm. Eduards Gedanken aber waren finster.

Und plötzlich tauchte Agniesca wieder auf vor seinen schneeblinden Augen, Agniesca tanzte blondgezopft durch seinen übermüden Kopf, die Kindheitsgeliebte, Tochter des polnischen Försters in den polnischen Wäldern. In ihrem Vaterhause hatte Eduard einen Großteil seiner Knabenzeit verbracht, mit ihr im Winter die Krippen mit Futter für das Wild gefüllt, im Sommer in den Seerosenteichen geschwommen.

Wie Geschwister waren sie aufgewachsen. Jede freie Minute besuchte er sie, liebte das tätige Leben in ihrem Hause. Sie brachte ihm das Melken und Hüten der Kühe bei, das Ausmisten der Ställe, das Schneiden der Rüben, das Pflanzen der Bohnen, das Pulen der Erbsenschoten. In fröhlicher Unschuld tobten sie auf dem Heuboden und maßen im Ringkampf kichernd ihre Kräfte. Agniesca war ein wenig älter als er, trotzdem war sie seine Spielgefährtin und eine Art Schwester und solange sie klein waren, gefiel ihr unschuldiges Beisammensein ja auch seiner Mutter.

Auch Eduards Vater kam gern ins Forsthaus und ließ sich vom »polnischen Ureinwohner« mit selbstgebrannten Obstwässerchen und Kartoffelschnäpsen traktieren. Beim Abschied musste »seine kleine Süße«, wie er Agniesca nannte, dann immer einen Knicks machen und den Herrn Graf genau auf die Stelle seiner Wange küssen, die er ihr mit dem Zeigefinger wies. Eduard und Agniesca empfanden das als blöden Scherz. Vor Untergebenen gab sich der Vater gern als jovialer Patron.

Später, als er älter wurde, spürte Eduard jedoch einen zunehmenden Widerstand der Eltern gegen das Polenmädchen und den nicht standesgemäßen Umgang. Den Sommer hatte er fortan in der Stadtresidenz in Posen oder Dresden zu verbringen oder auf den schlesischen Gütern. So verlor er die Freundin aus den Augen, doch nicht aus dem Herzen.

Wenn er wieder daheim war, suchte er sie auf, doch das musste jetzt heimlich geschehen. Agniesca war vor der Zeit zu einer jungen Frau erblüht, und Eduard kam sich winzig vor in ihrer Gegenwart, wurde mit der Zeit immer einsilbiger und verlegener. Umso stärker fühlte er sich zu ihr hingezogen, bekam dicke Augen, wenn sie sich sahen, dem Rotwild nachspürten oder auf dem Bootssteg am See saßen. Wenn sie nicht mehr weiter wussten, halfen ihnen die Gedichte, die sie sich gegenseitig vorsagten und in denen sie den Gleichklang ihrer Seelen erkannten.

Bevor Eduard zum Studium ins Priesterseminar nach Posen geschickt wurde, kam es zu einer verhängnisvollen Begegnung. Beim Auseinandergehen berührten sich unwillkürlich ihre Ellenbogen, dass es geradezu elektrisch funkte. Und als er in ihre Augen sah, war es um ihn geschehen.

Wenn er später an ihren ersten Kuss dachte und von Agniesca träumte, zweifelte er Nacht für Nacht an seiner Eignung zum Priesteramt. Doch auch am Tage kam sein quellendes Herz kaum noch zur Ruhe, Sehnsucht ließ seinen Blick zum Horizont schweifen, raubte ihm die Konzentration beim Studium. Monat für Monat ging verloren. Er fühlte sich wie im Gefängnis. Eduard bereute, beichtete jeden seiner unkeuschen Träume und quälte sich sehr. Sein Beichtvater zeigte Verständnis und meinte, das würde vergehen. Ein gottgeweihtes Leben könne man lernen, die Ehelosigkeit gehöre zum Amt. Es wäre lediglich der Preis für eine größere Wonne als die irdische Liebe.

Eduard begann zu zweifeln. Als der Seminarist seiner Mutter die innere Not eingestand, weinte sie. Auf keinen Fall dürfe er dem Vater davon erzählen. Er, Eduard, sei nun mal schon seit seiner Taufe der Kirche versprochen. Sein Onkel, der Bischof, werde ihm eine glänzende Karriere eröffnen.

Eines Tages bat ihn sein Vater in den Rauchersalon zur Aufklärung. Er wäre jetzt in dem Alter, sich ernsthaft auf seinen geistlichen Beruf vorzubereiten, er möge den unschicklichen Umgang mit Weibspersonen fortan grundsätzlich meiden. Vor allem aber verbot er ihm weitere Besuche im Gestüt und dem »schmutzigen Forsthaus«, nicht länger dürfe er sich mit der »Polendirne« rumtreiben.

Wie nah ihm das mit einem Male wieder vor Augen stand. Geblendet vom Schnee sah Eduard nun auch seinen Vater übergroß vor sich. Er hatte die Bibel im Arm und zog verächtlich die Augenbrauen hoch.

Eduard musste vorsichtig und meist dicht am Ufer reiten, denn das Eis war noch nicht stark genug, ihn und sein Pferd zu tragen. Es war sehr mühselig im hohen Schnee und immer öfter musste er seinem Pferd ein Ausschnaufen gönnen. Bis er merkte, dass er von einem Reiter verfolgt wurde. Doch sobald er anhielt, erstarb das Stapfen und Schnauben in seinem Rücken. Wenn er jedoch weiterritt, war es wieder da. Einige Male ging das so. Da wurde es ihm unheimlich, zumal ein eisiger Wind einsetzte und pfeifend über den Schnee fegte.

Wer hatte es in dieser Einsamkeit auf ihn abgesehen? Und wieder musste er an seine alten Feinde, die Waffen- und Whiskyhändler, denken. Erneut hielt er und wandte sich um.

Und mit einem Mal tauchte sie hoch zu Pferd hinter den Felsen auf. Wie eine russische Prinzessin. »Mekadekonjeh, dein Weg ist gefährlich«, rief sie. »Das Wetter schlägt um. Du musst auf der Stelle umkehren!« Shania trug einen schweren Fellmantel und eine Pelzkappe. Aus ihrem Mund und den Nüstern ihres Pferdes dampfte weißer Nebel. Mit ihren frostroten Wangen war sie schöner als je zuvor.

Eduard schüttelte den Kopf. »Die Ningae braucht und erwartet mich.« Ulrica war nämlich zum dritten Male schwanger und im siebten Monat. Er hatte versprochen, ihr diesmal zur Seite zu stehen.

»Dann will ich dich nach Bethany begleiten, der Ningae bei der Geburt helfen und meinen Bruder besuchen.«

»Und dein Mann? Deine Kinder?«

»Das ist der Vorteil einer Zweitfrau!«, lachte Shania. »Für meinen Sohn und den Schwarzen Büffel ist gesorgt. Also los, Mekadekonjeh!«

Sie ritten weiter, doch das Schneetreiben wurde dichter und dichter. Eduard konnte kaum noch etwas sehen, die Pferde kamen im hohen Schnee nur schwer voran. Schließlich stiegen beide ab, nahmen sie am Zügel und suchten ihnen den Pfad.

Als Eduard und Shania das erste Blockhaus erreichten und von der Farmersfrau mit warmer Erbsensuppe verköstigt wurden, entschloss er sich, sein Pferd zu schonen und den Heimweg zu Fuß fortzusetzen.

»Jetzt gehe jeder seinen Weg!«, sagte er.

Doch Shania schüttelte den Kopf. »Niemals. Nein. Allein bist du verloren!«

Eduard wusste, dass es keinen Sinn hatte, ihr zu widersprechen oder davonzulaufen. Die Indianerprinzessin würde ihm auf den Fersen bleiben. Sie sah sich als seine Beschützerin.

Also übergaben sie dem Farmer die Pferde zur Aufbewahrung,

schnürten ihre Bündel und versuchten, die Heimreise zu Fuß fortzusetzen.

Der Schnee lag über zwei Fuß hoch und war mit einer harschen Kruste überfroren. Diese trug jeweils drei, vier Schritt weit. Dann brachen sie bis über die Knie in den Schnee ein, um nach einigen Schritten wieder auf der Kruste gehen zu können.

Da nun auf diese Weise kein Fortkommen war, stiegen Eduard und Shania zum Fluss hinab, um es auf dem dünnen Eise zu versuchen. Mit einem starken Ast in der Hand prüfte Shania das Eis vor jedem Schritt. An offenen Stellen mussten sie ans Ufer zurück und sich mühevoll durch das Gestrüpp hindurchdrängen, bis sie wieder auf das Eis konnten. Mehrmals brachen sie ein und zogen sich gegenseitig aus dem Nass heraus. Das war sehr ermüdend. Und bald schon brach die Nacht herein.

»Wir müssen warten, bis der Mond aufgeht«, sagte Shania. »Im Finstern können wir nicht weiter. Aber Vorsicht! Nur sitzen, nicht schlafen!«

Sie hockten sich unter einen Baum, und immer wieder rief einer dem anderen zu: »Heh! Achtung! Nicht einschlafen! Sonst wachen wir niemals wieder auf!«

Trotz der gegenseitigen Ermahnungen lagen bald beide ausgestreckt im Schnee. Wie ein Liebespaar. Die Müdigkeit hatte sie überwältigt. Zum Glück war der Mond über die Bäume emporgestiegen und schien ihm mit einem Male silberhell ins Gesicht. Davon erwachte Eduard und weckte Shania, die ihn schlaftrunken ansah. »Mekadekonjeh, ich hatte einen wunderbaren Traum von uns«, strahlte sie. »Bitte, lass mich zu Ende träumen!«

Verrückt, dachte Eduard, jetzt ist sie verrückt geworden. Ihre

Mäntel knirschten und knackten – sie waren regelrecht aneinander festgefroren. Alle Glieder waren steif. Seinen Hals konnte er kaum noch bewegen.

Eduard schüttelte Shania und gab ihr mehrere Backenstreiche. »Dummer Mensch! Fast wärest du im Schlaf erfroren!«, schimpfte er.

»Du auch! Idiot!«, zischte sie zurück. »Es ist nicht zu schaffen. Wir müssen zurück und auf besseres Eis warten!«

Das Mondlicht hatte sie gerettet.

Obwohl sie todmüde waren, machten sich beide sofort auf den Rückweg zum Farmhaus. Wieder auf dem Eis taumelten sie fast noch im Halbschlaf und wie in Trance voran. Jetzt wies der Mond den Weg. Stundenlang schwiegen sie. Zum Reden fehlte die Kraft.

Zu Tode erschöpft erreichten sie das Blockhaus. Der Farmer gab ihnen Quartier auf dem Heuboden. Beide versanken in einen bleiernen Schlaf.

Es dauerte mehrere Tage, ehe sich Eduard von dieser Anstrengung erholt hatte. Denn eine üble Influenza hatte ihn erwischt. Matt und leblos lag er im Heu. Ein Fiebertraum jagte den nächsten. Sein früheres Leben ging ihm wieder und wieder durch den Kopf …

Eduard hatte sich entschlossen, das Priesterseminar zu verlassen und um Agniesca zu werben. Sie war seine Geliebte. Im Herzen. Denn rein und keusch war er trotz seiner Fantasien geblieben.

Noch einmal trafen sie sich am Bootssteg. Als er ihr seinen Wunsch, mit ihr zu leben – er war siebzehn – mitgeteilt hatte, lachte Agniesca kurz auf und sagte, das wäre nicht mehr möglich. Lange sah sie ihn an, stand auf und hob traurig ihr Kleid. Zum ersten Mal sah Eduard die Blöße einer Frau.

»Ein Kind?«, stammelte er.

»Ja!«, sagte sie leise und strich über die Wölbung ihres Leibes. »Dein jüngster Bruder. Oder deine Schwester …«

Traurig senkte sie den Kopf und stierte auf die Bohlen des Stegs.

Da wusste er, was in seiner Abwesenheit geschehen war.

Hin und wieder wachte Eduard auf. Mal war es Tag, mal war es Nacht. Der Wind heulte durch alle Ritzen. Mal lag er allein auf dem Dachboden, mal hockte Shania an seiner Seite. Sie legte gewärmte Steine unter seine Waden und flößte ihm eigenartige Säfte ein. Er war zu schwach, sich zu wehren. Er fühlte sich geborgen in ihrem Schatten. Schnell fielen ihm die Augenlider wieder zu.

Dahindämmernd in fiebrigen Träumen sah er die stumme Indianerin mal als Madonna, mal als hexenhafte Zauberfee, mal in Diakonissentracht an seinem Lager. Und Shanias Antlitz verschmolz mit den Gesichtszügen von Ulrica, Agniesca und seiner Mutter …

Rasend vor Wut war er an jenem Abend ins Arbeitszimmer seines Vaters gestürmt, hatte ihn Ehebrecher und Hurenbock geschimpft, und gedroht, alles der Mutter zu erzählen.

Doch der Vater lachte nur: »Deine Kleine, meine Kleine – was ist schon dabei? Du gehörst der Kirche! Für das Polenflittchen und seinen Balg wird gesorgt, tröste dich!«

Eduard riss die Bibel vom Pult, warf das Kruzifix vom Schreibtisch und als der Vater mit der Reitpeitsche auf ihn losgehen wollte, schlug er mit dem Heiligen Buch zurück.

Das war sein Verbrechen, das ihn über den Ozean getrieben hatte, die Schuld, die ihm den Glauben nahm und die Sünde, die er nicht bereuen konnte und die ihn, Eduardus Raimundus, zum Missionar gemacht hatte. Und noch immer spukte es ihm wild und wüst im Kopf herum: *Du sollst Vater und Mutter ehren, auf dass es dir wohl ergehe und du lange lebest auf Erden.*

Schüttelfrost. Eduards Zähne schlugen rasend aufeinander, klapperten, immer schneller, das Zittern überzog den ganzen Körper. Shania legte ihm feuchte Tücher auf die Schläfen. Eduard war sicher, dass er die Nacht nicht überleben würde. Schweißnass und bibbernd sah er sein Ende vor sich und begann zu beten. *Und vergib uns unsere Schuld, wie auch wir vergeben unseren Schuldigern!*
Diese Worte waren ihm das Wichtigste, obwohl er sich doch geschworen hatte, seinem Vater niemals zu vergeben. Doch klar denken konnte er in seinem Zustand nicht mehr.

Als Shania sah, dass nichts mehr helfen wollte, zog sie ihre Kleider aus, legte sich zu ihm unter das Büffelfell und schloss ihn in ihre Arme, als wolle sie ihn ersticken. Das Zittern erstarb. Wieder versank er in Bewusstlosigkeit.
Und in einen kaum glaublichen Traum …
So hatten sie einander gerettet. Ohne ihn wäre Shania im

Schlaf erfroren, und ohne sie hätte Eduard seine Familie und Bethany wohl nie wieder gesehen.

Am nächsten Morgen sattelte er sein Pferd.

Dies war der fünfte Winter.

# Ein Haufen dürren Laubes

*»Millionen von armen Einwanderern, überwiegend aus Deutschland und Irland, kamen Jahr für Jahr, suchten Lebensraum in den Jagdgründen der Indianer und drängten sie immer weiter in die Prärie- und Wüstengebiete, und damit ins Elend, ab. Sollten nun auch die Chippewa, wie die anderen Stämme über den Mississippi, nach Westen verdrängt und in Reservate weggesiedelt werden? War all mein Bemühen umsonst gewesen?*

*Aus Florida war gemeldet worden, dass die dortige Regierung allen Neuankömmlingen wohlfeiles Land und Schutz vor »Indianerhorden« versprochen habe. Das Militär machte seit Jahren schon mit Bluthunden Jagd auf die letzten Ureinwohner des Landes, die Semiolen, die sich in den Sümpfen versteckt hielten. Die Soldaten hatten ihre Hunde dressiert, den Indianern an die Kehle zu springen.«*

Lieblich und lind kam der Frühling nach Bethany, dem vor Jahren noch trostlosen Indianerdorf. Vieles war neu und hoffnungsvoll. Wohl standen noch hier und da ein paar Zelte und verräucherte Baumrindenhütten. Aber zwischen den dürftigen

Wigwams und Tipis gab es bereits eine Reihe stattlicher Blockhäuser. Andere waren im Bau. Die Kirche mit dem Missionshaus, am höchsten gelegen, war das Wahrzeichen und der Mittelpunkt der Gemeinde.

Der Geist der Siedlung war ein anderer geworden. Nicht mehr Angst und Feindseligkeit beherrschten ihn, sondern Liebe und Hoffnung. Und jeder Gast freute sich über den an der Biegung des Flusses gelegenen Ort.

Einsam und fern von den Kolonien der Weißen war Bethany noch immer. Aber der Pfad dorthin, der einst nur von kundigen Augen entdeckt werden konnte, war nun ausgetreten und so manches Hindernis der Axt gewichen.

Glücklicherweise gab es in *Bemassikehs town,* wie die Chippewa ihren Ort jetzt oft nannten, die Seuchen und Fieber nicht, welche die fränkischen Siedlungen heimgesucht hatten. Zum Teil trug die höhere Lage dazu bei, zum Teil aber auch das gute Trinkwasser, das Eduard und seine Helfer erschlossen hatten. Es sprudelte nicht nur aus einer Quelle im Wald, sondern konnte auch aus dem Brunnen geschöpft werden, den sie mitten im Ort gegraben und mit Steinen, im Flussbett gesammelt, ausgemauert hatten. So frisches, klares Wasser im heißesten Sommer war für die Chippewa wie ein Geschenk. Bald war der Brunnen ein beliebter Treffpunkt. Die Frauen kamen fleißig, das Wasser zu schöpfen, für sich selbst und für die Kinder, aber auch für ihre Pferde und Hunde.

Und so fing es an, heimisch zu werden im Urwald.

Eduard und Ulrica hatten gesät und freuten sich an der ersten Ernte. »Hier wollen wir bleiben, für immer«, sagte Ulrica. »Hier ist das Leben in seiner ganzen Fülle.«

An sein Elternhaus dachte Eduard kaum noch zurück. *Ich bin nur Gast auf Erden / Und hab hier keinen Stand* hatte der Enterbte und Entadelte nicht ohne Stolz als Widmung in sein Ojibwa-Gesangbuch geschrieben. Hier im Urwald wuchs der frische und freie Stammbaum einer neuen Familie. Zu Theodosia, dem ersten Zweiglein, und Theophila, dem zweiten, hatte sich endlich noch ein drittes Töchterchen gesellt. Theophora hatte Eduard sie getauft.

Erneut hatte Ulrica bei der Geburt Mut und Tapferkeit gezeigt. Doch die Kinder- und Müttersterblichkeit im Urwald war nicht größer als in der übrigen Welt. Shania und ihre Mutter schickten Eduard auch diesmal davon und standen Ulrica als Hebammen hilfreich zur Seite. All seine Angst war am Ende unbegründet. Selten sind Väter nutzloser als bei der Geburt ihrer Kinder.

An den nötigen Nahrungsmitteln fehlte es diesmal nicht. Ihre »Urwaldzweiglein« gediehen prächtig unter den Indianern. Sie waren gesund an Leib und Seele. Keine Kinderkrankheit berührte sie.

Eine krumm gewachsene Sassafraswurzel war lange ihr einziges Spielzeug. Und die kleine Theodosia gründete sich sogar eine kleine Missionarsfamilie aus Wurzelzwergen.

Von den Indianerkindern wurden die Töchter heiß geliebt, umhergetragen und mitgenommen. Auch Theophila spielte schon bald ihre Spiele mit. Mit den kleinen Bären war es nicht ungefährlich, aber die Hunde beschützten sie. Am meisten

Spaß machte es den Mädchen, in den kleinen Kinderkanus über den Fluss gepaddelt zu werden. Im Park ihrer Großeltern hätten sie es nicht schöner haben können.

Kam Eduard nach langem Ritt vor dem Blockhaus an, so ruhten seine Töchter nicht eher, als bis er sie auf das Pferd hob und mit einer jeden dreimal um das Haus ritt. Und das treue Indianerpferd ließ es sich trotz seiner Müdigkeit gefallen, dass es sein Reiter noch dreimal um Kirche und Haus gehen hieß. Auch das jüngste Zweiglein bestand darauf, den Ritt mitzumachen, und das Pferd trat dabei so vorsichtig auf, als ob es wüsste, mit welchem Schatze es beladen war.

Ja, es fing an, heimisch zu werden. Bald schon kostete Eduard die ersten Erdbeeren, mit denen seine Frau ihr Gärtchen bepflanzt hatte. Auch die Apfel- und Pfirsichbäumchen, die Ulrica aus Kernen gezogen hatte, blühten und trugen erste Knospen.

Doch die sie gepflanzt hatten, durften die Früchte nicht mehr genießen. Denn Hartes, sehr Hartes stand ihnen bevor. Noch ahnten sie es nicht.

Noch einmal nahmen die Schnaps- und Waffenhändler ihren alten Kampf gegen den Missionar auf. Sie rückten bis auf drei Kilometer gegen Bethany vor und errichteten am Flussufer einen Schnapsladen, in dem sie Whisky, Waffen, Pulver, Messer und andere Waren erst einmal zu Spottpreisen anboten. Wenn auch die Christen gefestigt waren und der Versuchung widerstanden, so war doch bereits mancher Indianer von Sonderangeboten und dem kostenlosen Glas Feuerwasser herbeigelockt worden. Es war leicht auszurechnen, welchen Verlauf eine solche Versuchung auf Dauer nehmen würde.

Erneut sah Eduard seine jahrelange Arbeit aufs Äußerste bedroht. In der Nacht kam er vor Kummer kaum noch zur Ruhe, wälzte sich auf seinem Lager, bis in ihm der Entschluss reifte, den Anfängen zu wehren und wie einst Jesus die Händler aus dem Tempel zu jagen.

Er nahm allen Mut zusammen, ritt zu den beiden Männern, die den Laden betrieben, redete ihnen ins Gewissen und bat sie, zunächst in aller Freundlichkeit, sein Missionswerk doch nicht zerstören zu wollen.

Die beiden Vollbärte aber lachten nur, spuckten vor ihm aus und sprachen von der Freiheit des Handels.

»Erst kommen die Pfaffen zum Besänftigen, dann wir Händler, um Geschäfte zu machen, und am Ende die Soldaten, um die Indianer zum Teufel zu jagen!«

Das wäre nun mal der Lauf der Welt.

Da packte ihn der Zorn Gottes. Wütend wies Eduard seine Widersacher auf das Unmoralische und das Verbot des Schnapshandels hin.

»Das werden wir ja sehen, Häuptling Schwarzer Rock!«, erwiderte grinsend der Ältere. Er könne ja gern vor Gericht gehen. »Aber merk dir, dies ist ein freies Land!«

Währenddessen hatte der Jüngere hinter der Theke ein Gewehr hervorgeholt und richtete es direkt auf Eduard. »Also verschwinde, Indianerpfaffe! Ab in deine Kirche!«

»Genau das werde ich tun! Da ihr mich zwingt, werde ich euch verklagen! Und zwar vor dem obersten Gericht!«

Wütend stieg Eduard auf sein Pferd und ritt davon.

Seine Widersacher aber prahlten vor ihrer trunkenen Kundschaft, wenn der Pfaffe nicht freiwillig gegangen wäre, hätten sie ihn vom steilsten Felsen in den River hinuntergeworfen.

Mit der Zeit freilich wurde ihnen doch etwas mulmig. Sie fürchteten nämlich, dass ihr Fall tatsächlich vor dem obersten Tribunal in Washington zur Anklage gebracht werden könne. Dabei hatte Eduard kein Gericht des irdischen Rechts, sondern das der wahren Gerechtigkeit gemeint. Das Tribunal Gottes nämlich rief er in seiner Kirche auf den Knien an, betend des Morgens und des Abends.

Und dieses allerhöchste Gericht fällte ein salomonisches Urteil. Nach wenigen Tagen gerieten die beiden Schnapshändler wegen der Vorhaltungen in Streit miteinander. Der jüngere raffte in seiner Besorgnis heimlich alles Geld zusammen und floh auf und davon. Der andere Schurke aber, der nun nur noch seine Ladenbude hatte, betrank sich mit dem restlichen Schnaps und machte sich dann ebenfalls aus dem Staube.

Mit der Zeit sprach sich der Erfolg von Bethany auch in Frankenmuth, Frankentrost, Frankenlust und anderen deutschen Kolonien herum und bald gab es regelrechte Expeditionen in den Urwald, um die sesshaften Indianer zu besuchen.

Einmal kam Pastor Clueter mit sieben Mann den beschwerlichen Pfad herauf. Nach langem Ritt wollten sie sich schon müde und matt ein Lager im Walde bereiten, als sie von ferner eine Glocke klingen hörten, eben jene, mit der Eduard seine Gemeinde zum Abendsegen rief. Mit neuer Kraft bestiegen sie ihre Pferde und erreichten Bethany, kurz bevor die Sonne unterging.

Die Chippewa begrüßten sie herzlich und nahmen sie in ihre Häuser, Hütten und Zelte auf. So viele weiße Gesichter hatten die meisten in ihrem ganzen Leben noch nicht gesehen. Kein Gast blieb unbeschenkt. Es gab allerlei Handwerkskunst, Gebäck und manche Süßigkeit. Die alte blinde Sarah teilte freudestrahlend ihre Zuckertierchen aus und ließ sich von keinem zurückweisen. Dass sie in ihrer Jugend eines der gefürchteten »Mädchen mit dem Tomahawk unter dem Kleid« gewesen war, brauchte allerdings keiner zu wissen.

Am nächsten Morgen zeigte Eduard seinen Gästen Schule und Kirche und lud sie zum Gottesdienst. Bei dem fröhlichen Gesang der Kinder floss manche Träne der Rührung. Und obgleich sie die Worte der Chippewa nicht verstanden, erweckten doch die vertrauten Melodien heimatliche Gefühle.

Wie anders war das als das Bild, das die Zeitungen immerfort von blutrünstigen Indianerbanditen verbreiteten, oder das Indianerelend, das sich jetzt so häufig am Rande der Städte zeigte.

In Bethany verflogen das Misstrauen der deutschen Siedler und ihre Angst vor den Indianern wie die Spreu im Winde. Dies wäre doch ein Gleichnis, dass es einen gemeinsamen Weg für alle Menschen gäbe, meinte Pastor Grossmann aus Saginaw. So könne Amerika gesunden und den anderen Völkern als ein Hort der Menschenrechte zum Vorbild werden. Er lobte den Herrn und wischte sich heimlich eine Träne aus dem Augenwinkel.

Das Experiment, eine selbständige christliche Indianersiedlung zu gründen, schien geglückt. Achtundfünfzig Chippewa hatte Eduard mittlerweile zur Taufe geführt, etliche konfirmiert, einige getraut und auch die ersten beerdigt. Zusammen mit seinen Indianerchristen hatte er eine Kirche und Schule gebaut, Wald gerodet, Felder, Gärten und Ställe angelegt. Und auch ein wirtschaftlicher Aufschwung war eingeleitet. Seine nächste Aufgabe sah der junge Missionar darin, Bethany mit den fränkischen Einwandererkolonien in friedlicher Eintracht zu verknüpfen und diesem Beispiel weitere folgen zu lassen: Indianermut, Indianertrost, Indianerstolz, Indianerlust …

Doch mit einem Schlag schien alles zusammenzubrechen. Völlig unerwartet erhielt Eduard den Ruf der Leipziger Mission, aus dem kalten Norden Amerikas in das palmenreiche Land der Sonne zu gehen: nach Indien.

Sein Gelübde, dem Gebot seiner Oberen zu folgen, wurde dabei auf eine harte Probe gestellt. Einerseits hatte er ja selbst gelobt, dorthin zu gehen, wohin er als Missionar gesandt würde. Doch jetzt war alles anders. Durfte er diejenigen verlassen, die ihm so sehr ans Herz gewachsen waren und die ihm ihre Zukunft anvertraut hatten?

Verzweifelt schilderte Eduard in langen Briefen der Missionsgesellschaft, den fränkischen Brüdern in Neuendettelsau und der Synode, seine Sorgen. Doch kam keine Antwort aus Deutschland. Und die amerikanischen Freunde suchten seine Bedenken zu zerstreuen. Das Indianerprojekt habe die Feuerprobe doch bestanden, sei vollendet und werde gewiss Nachfolger in seinem Geiste finden. Eduard könne also guten Gewissens das neue Amt übernehmen. Das hörte er gern und auch die wohlmeinenden Zeitungsberichte über Bethany beschwichtigten seinen Unwillen. Also begann er schweren Herzens zu überlegen, wie seine Gemeinde in Zukunft von einem Nachfolger versorgt werden könnte.

Nun hatte Eduard vor einiger Zeit einen Gehilfen erhalten, der sich auch recht gut eingelebt hatte. Doch schien ihm eine gewisse Selbstständigkeit zu fehlen, ebenso wie die Gabe, den Indianern ein Indianer zu sein. Schon seine Ankunft hatte alle befremdet, denn wie ein Trapper gekleidet stand Johann Jakob Mittler aus Dresden urplötzlich vor ihnen, eine Fellmütze auf dem Kopf, das Gewehr in der Rechten und die Bibel in der Linken.

Das Gewehr nahm ihm Ulrica sofort ab und verschloss es in ihrer Truhe. Und das war auch besser so.

Ein andermal (während ihrer Abwesenheit, als Eduard in Detroit die Gesangsbücher drucken ließ) hatte Mittler eigenmächtig ein kränkliches Indianerkind getauft, aber versäumt, danach die übliche Feier mit Kaffee und Kuchen zu geben. Als das Kleine kurz darauf verstarb, meinten einige, das wäre die Folge, weil Kaffee und Kuchen gefehlt hätten. Für die Chippewa gehörte das nämlich zum Ritual.

Mittler dagegen meinte, die Verwandten wollten sich nur auf Kosten der Kirche den Bauch vollschlagen. Überhaupt stand er nie auf Augenhöhe mit den Chippewa, sondern sah auf sie herab und nannte sie »Brot-Christen«. Niemals würden sie ihn wie Eduard in ihre Ratsversammlung aufnehmen.

Daher war es unerlässlich, ihm einen Mann an die Seite zu setzen, der solche Mängel ausgleichen könnte. Einen solchen schien die Missouri-Synode, der Bethany seit einiger Zeit anvertraut war, gefunden zu haben.

Inzwischen hatten die Leipziger Direktoren Eduards Eingabe abgelehnt und seinen Einsatz in Indien erneut dringlich gemacht. Gerade ein Seelsorger mit seiner Erfahrung werde gebraucht für den Aufbau der südindischen Mission. Dies sei eine Aufgabe, für die er sich durch seinen Einsatz im amerikanischen Urwald hervorragend bewährt habe. Im Übrigen wäre es an der Zeit, die Indianerfrage vertrauensvoll in die Hände der Regierung der Vereinigten Staaten zu legen und ihr Seelenheil der Obhut der amerikanischen Lutheraner anzuvertrauen.

Eduard merkte an derartigen Wendungen, dass sich die Leipziger grundsätzlich aus der Indianermission zurückziehen wollten, und hatte keine andere Wahl. Schlimme Befürchtungen quälten ihn, nächtelang litt er unter dunkelsten Alpträumen. Denn auch wenn Bethany in den Gazetten derzeit hoch gelobt wurde, im Anzeigenteil der gleichen Blätter wurde deutschen Einwanderern in Michigan bereits »garantiert indianerfreies Land« zum Kauf angeboten. »Garantiert indianerfrei« – wie sollte das gehen am Pine River? Was wurde wirklich geplant in Washington?

Nachdem er so viel wie möglich für die weitere Versorgung der Gemeinde getan hatte, musste Eduard seinen roten Brüdern endlich den bevorstehenden Wechsel bekanntgeben. Er hatte es lange vor sich her geschoben. Ein hartes Brot.

Als Text für seine letzte Predigt wählte Eduard den Abschied des Apostels Paulus von der Gemeinde zu Ephesus. Die Blockhauskirche war voll wie nie, die Aufmerksamkeit außerordentlich. Jeder erwartete etwas Ungewöhnliches. Das kam jedoch erst am Ende der Predigt:

»Meine Freunde, ich habe euch geliebt von Anfang an und wie euer Bruder in eurer Mitte gelebt. Und als ihr das Wort Gottes annahmt, da liebte ich euch umso mehr. Auch wünschte ich mir von Herzen, meine Tage unter euch beschließen zu dürfen und, wenn Gott mich ruft, meine Gebeine neben den euren ruhen zu lassen. An eine Trennung dachte ich nicht …«

Bei diesen Worten vernahm Eduard ein erstes Schluchzen. Die Männer suchten zwar gesenkten Hauptes die Ruhe des Angesichts zu wahren, aber die Frauen und Kinder, seine Schülerinnen und Schüler bedeckten ihre Gesichter und weinten.

Die Versicherung, dass sie dennoch nicht verlassen wären und ihre Gemeinde erhalten bleiben würde, wollte anfangs nicht fruchten. »Der Vater will seine Kinder verlassen!«, klagten die einen. »Nun werden wir alle zerstreut und von den Bleichgesichtern verjagt werden«, jammerten die anderen.

Auch Ulrica standen die Tränen in den Augen. Sie hatte das Leben in der »Wildnis« liebgewonnen und so manche Herzensfreundschaft geschlossen mit den Chippewa, die sie *Ningae* nannten und als ihre weiße Mutter verehrten. Drei Töchter hatte sie im Urwald geboren und trug bereits ein viertes Kind unter dem Herzen. Denn auch ihre Liebe zu Eduard war gewachsen unter den Bäumen.

Wegen dieses Umstands war Eduard in hohem Maße besorgt um sie und das werdende Leben. Er fragte sich, ob Ulrica die lange Reise per Boot, Ochsenkarren, Dampfer und Eisenbahn bis New York und weiter sechs bis acht Wochen auf dem Ozean heil überstehen würde. Schon auf der Hinreise hatte sie an der Seekrankheit gelitten. Eduard war nahe daran, die neue Berufung zu verweigern, oder zumindest die Abreise bis zur Geburt ihres Kindes zu verschieben. Doch die Missionsgesellschaft drängte.

Als Rosina, ihre junge Magd, von den Sorgen des Missionars hörte, erklärte sie seiner Frau kurz und bestimmt, dass sie es für ihre Christenpflicht halte, sie nach Deutschland zu begleiten und die kleinen Kinder auf der Überfahrt zu betreuen. Eduard erwiderte, dass er ihr Angebot leider nicht annehmen könne, da sein eigenes Vermögen für die Indianergemeinde völlig aufgebraucht sei.

»Ach, das macht nichts!«, lachte Rosina. »Dann werde ich mir eben selber den Lohn und die Fahrkarte aus meinem Ersparten bezahlen!«

So sehr bestand sie darauf, seine schwangere Frau und die Kinder zu betreuen, dass Eduard es schweren Herzens annehmen musste. Und es war am Ende auch wirklich ein Segen.

Der Präses der Missionskommission, Pastor Ferdinand Sievers, war mit seiner Frau den weiten Weg nach Bethany gekommen, um beim Abschied des berühmten Indianermissionars dabei zu sein. Er hielt eine Gemeindeversammlung ab, welche auch von den Nichtchristen besucht wurde, und sicherte allen Chippewa den Schutz der Synode zu.

Erneut zeigte sich, mit welcher Würde die Ersteinwohner des Landes ihre Ansichten vertreten. Mehrere Männer ergriffen nacheinander das Wort und sagten in ruhiger Weise, was sie auf dem Herzen hatten. Keiner unterbrach den anderen. Jeder, der reden wollte, stand auf, und jeder sprach seinen Schmerz aus und seine Sorgen wegen der Zukunft. Denn der Wind war rauer geworden.

Pastor Sievers versuchte, zu beschwichtigen. Doch die Angst vor der Zukunft war groß. Durfte Eduard in solcher Zeit seine Gemeinde verlassen?

Die letzte Gemeindeversammlung war wohl die schwärzeste Stunde seines Lebens. Eduards Herz war schwer wie Blei.

Selbst sein hartnäckigster Widersacher war mit seinem Sohn Peter gekommen. Diesmal hatte er sein Gesicht nicht nur halb, sondern völlig geschwärzt. Er nahm Eduards Hand, zog sie an sein Herz und sagte: »Als du vor fünf Wintern zu uns kamst, Schwarzer Rock, hatte ich einen schweren Traum, das weißt du. Jetzt, da du gehst, ist mein Traum doppelt so schwer! *Nindikit.*«

Zuletzt trat Häuptling Misquaanoquod, die Rote Wolke, auf. Seit Bemassikehs Tod war er der mächtigste Mann unter den Chippewa. Er sagte:

»Ich gehöre nicht zu eurer christlichen Gemeinde. Aber meiner Frau und meiner Kinder wegen, welche zu euch gehören, möchte ich ein paar Worte sagen. Es ist wohl so: Wenn wir auch alle aufstehen und wir alle unsere Hände nach unserem Bruder Schwarzer Rock ausstrecken wollten, um ihn bei uns zu halten, so würde er sich doch nicht halten lassen. Denn er ist von seinem Gott über das große Meer in das Land der Palmen gerufen worden. Aber das wissen wir auch: Nur, wenn wir einen Mann an seine Stelle bekommen, der ebenso handelt wie er, wird Bethany, wird diese Gemeinde weiter bestehen. Wenn das aber nicht der Fall ist, wird es uns ergehen wie einem Haufen dürren Laubes, in das der Wind bläst. *Nindikit!*«

Das waren die letzten Worte, welche ein Indianer in dieser

Versammlung redete, und sie waren, leider, prophetisch. Die Befürchtungen der »Roten Wolke« haben sich im Laufe weniger Jahre bewahrheitet. Obgleich er ebenso wie Eduard nicht wissen konnte, welche unheilvollen Pläne bereits in den Schreibtischen der Regierung in Washington lagen.

In den nächsten Tagen wurde das Pfarrhaus an der Biegung des Flusses nicht mehr leer. Die alte Sarah kam trotz ihrer Schwachheit zweimal täglich, um »ihren Vater und ihre Mutter« noch so oft wie möglich zu hören und mit den Fingern zu »sehen«. Sanft tastete sie die Gesichter ab. Auch die Töchter Theodosia, Theophila und Theophora drängten heran und wollten die Zärtlichkeit der alten Indianerin spüren.

Der schweigsame Pemagojin besuchte das Pfarrhaus alle Tage und saß wie gewöhnlich still, doch mit gesenktem Haupte. Nur, wenn er aufstand, sagte er jedes Mal: »Mekadekonjeh, ich werde deine Abreise nicht sehen. Ich kann sie nicht sehen und ich will sie nicht sehen.«

Am Tage vorher kam er ein letztes Mal, setzte sich hin und saß lange da. Eduard war mit dem Einpacken beschäftigt, blieb aber schließlich bei ihm stehen und legte traurig die Hand auf seine Schulter. Da sprang Pemagojin auf, umarmte und küsste ihn – ein unter Indianern keineswegs üblicher Gefühlsausbruch. Danach stürmte er, ohne ein Wort zu sagen, zum Haus hinaus und in den Wald hinein.

Pemagojin hielt Wort. Ähnlich tat es Eduards Indianerpferd. Als er es am Vorabend am Halfter fasste und die Stirn zum Abschied an seinen Hals schmiegen wollte, wandte es sich ab, sah ihn klagend an, riss sich los und galoppierte davon.

Der Tag der Abreise war gekommen: Die Sonne hatte alles in gleißendes Licht gesetzt – einer der letzten warmen Oktobertage. Bethany leuchtete im farbigen Laub, das sich glänzend im Fluss spiegelte …

*Indian Summer* – nicht minder prachtvoll war es bei seiner Ankunft gewesen.

Niemals zuvor und niemals danach ist Eduard ein Abschied so schwer gewesen wie der von den Töchtern und Söhnen des Waldes. In sechs langen Jahren war ihm Bethany der liebste Ort auf Erden geworden.

Schon seit Sonnenaufgang waren die Boote beladen worden. Ulrica und die Kinder hatten bald Platz genommen; viele Indianer bestiegen ihre Kanus, um die Missionarsfamilie ein Stück weit den Pine River hinab zu begleiten.

Nur Eduard ließ noch auf sich warten. Ein letztes Mal kniete er in der Blockhauskirche und bat Gott, seine roten Kinder zu beschützen. So fand er die Kraft zum Scheiden. Noch ein letzter Blick auf das Kruzifix, dann trat er ins Freie.

Und erschrak zu Tode. Vor ihm im Gegenlicht stand wie eine Erscheinung die junge Frau, die ihm in der Eiseskälte unendlich Gutes getan, die seither so fest in seinem Herzen war und die er doch seit ihrem Zusammensein ebenso heftig vor sich verleugnet hatte.

Drei Tage und drei Nächte musste ihr Ritt gedauert haben. Shania war doch noch gekommen. Diesmal trug sie einen langen Zopf, der ihr über die Schulter fiel. Und wie Maria mit dem Kinde hatte sie einen Säugling im Arm. Mit feierlichem Ernst hielt sie ihm das kleine Bündel entgegen: »Vater, gib deinen Segen!«

Eduard zögerte.

Wie viele Monde hatte er Bemassikehs Tochter nicht mehr gesehen?

Nach der Eiseszeit, in der sich beide das Leben gerettet hatten, war die Frau, die ihren Weg geht, wieder zurückgekehrt zum Schwarzen Büffel, zur Roten Birke und ihrem Sohn. Dass sie vor wenigen Tagen erneut Mutter geworden war, wusste er von ihrem Bruder.

Freudig hatte Eduard es zur Kenntnis genommen. Ohne etwas dabei zu denken. Jetzt aber, da er die weiße Haut des Kindes sah, zerriss es ihm das Herz.

Mein Wunsch hat sich erfüllt, las er im Blick der Mutter.

Der Schiffsführer tutete in sein Rohr. Die Trommeln erklangen. Mehrmals wurde sein Name gerufen. Die ersten Kanus schaukelten im Wasser.

»Ihr Name ist Blume des frostigen Eises«, sagte Shania. Eduard drohte ein letztes Mal im Schwarz ihres Blickes zu versinken. Und wusste: Insgeheim hatte er sie geliebt. Schon immer. Seit ihrer ersten Begegnung.

Erneut und immer drängender erklang das Trommeln und Tuten.

»Du weißt … ich muss fort!«, stammelte er und wollte an ihr vorbei. Doch Shania schob sich an ihn und sperrte den Weg.

»Ich will keine Taufe, Vater!«, lächelte sie. »Nur deinen Segen!«

Eduard begriff, dass dies seine letzte Mission war.

Unendlich langsam legte er seinen Zeige- und Mittelfinger auf das Köpfchen des Kindes. »Und vergib uns unsere Schuld!«, murmelte er auf Polnisch, »Amen!«

Rasch wandte er sich ab und eilte durch den Garten zum Ufer hinab.

Er bestieg den Kahn, setzte sich zu Ulrica, Rosina und seinen drei kleinen Töchtern. Die Männer stießen vom Lande, und der am Ufer stehende Pastor Sievers begann aus voller Kehle zu singen:

*Allein Gott in der Höh sei Ehr*
*und Dank für seine Gnade ...*

Eduard stimmte mit ein, soweit es die stockende Stimme erlaubte. So verließen sie den Urwald.

Noch lange sah er zurück. Immer kleiner wurde seine Gemeinde an der Biegung des Flusses.

Und auch die Indianermadonna.

Seither lastete ein Fels auf seiner Seele. Und eine Frage, die ihm bleiben würde bis ans Ende seiner Tage.

*Eduard Raimund Baierlein um 1888*

# Anhang

**IM URWALDE. BEI DEN ROTEN INDIANERN**
… heißt das Buch, in dem mein Ururgroßvater E. R. Baierlein 1888 von seinen Erfahrungen als Missionar an den großen Seen berichtete. Seine Geschichte wurde bis in die 1920er Jahre immer wieder neu aufgelegt und viel gelesen.

Seinen Bericht habe ich zu erhalten versucht, denn er ist ein wertvolles Zeitdokument über jene kurze Zeit um 1848, in der die deutschen Auswanderer als Armutsflüchtlinge in die USA strömten und noch an ein friedliches Zusammenleben mit den Ersteinwohnern des gelobten Landes glaubten.

Baierlein verstand seinen Auftrag nicht nur als evangelischer Missionar, sondern auch als Schullehrer und »Entwicklungshelfer«. Vor allem stemmte er sich mit der Gründung einer christlichen Gemeinde im Urwald gegen die Entrechtung und Vertreibung der Menschen, die man seit Columbus fälschlich als »Indianer« bezeichnete. Ein vergeblicher Versuch, wie sich später herausstellte. Doch er ist es wert, neu akzentuiert und dokumentiert zu werden.

Ich habe die Aufzeichnungen meines Vorfahren erzählerisch überarbeitet und, wie ich hoffe, damit auch lesbarer gemacht, seinen Bericht erweitert und ergänzt: mit Briefen, Tagebuchaufzeichnungen und Zeitungsartikeln für Missionsblätter, aber auch durch Reiseberichte, zeitgenössische Memoiren der Frankenmuther und historische Berichte.

Dabei habe ich den Sprachgebrauch zu erhalten versucht, auch wenn er von europäischem Sendungsbewusstsein, missio-

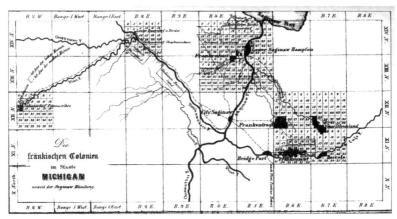
*Frankenmuth, Frankentrost und andere Siedlungen an der Saginaw Bay in Michigan.
Mitte links die Indianergemeinde Bethany.*

narischem Eifer und christlichem Pathos geprägt ist, oder Benennungen der Zeit übernimmt, wenn von »Heiden«, »Wilden« oder »Rothäuten« die Rede ist.

Bemerkenswert bleibt Baierleins aktives Engagement für die Erstbewohner Amerikas, seine Toleranz und sein Interesse an der gleichberechtigten Begegnung der Kulturen und Religionen.

Den Sprachstil des 19. Jahrhunderts habe ich modernisiert, jedoch nur behutsam, weil ich es in diesem Fall reizvoller finde, Distanz und Nähe weiterzugeben als aus heutiger Sicht ein hermetisches Bild der Vergangenheit zu konstruieren. Das damals Fragwürdige soll *fragwürdig* bleiben.

Neckargemünd 2014
*Michail Krausnick*

**Und Winnetou?**
Notiz am Rande:

Zu den frühen Lesern von E. R. Baierleins Berichten in den Leipziger und Neuendettelsauer Missionszeitungen gehörte auch der junge Karl May, der später als Abenteuerroman- und Reiseschriftsteller Weltruhm erlangte. Baierleins authentische Schilderungen vom Indianerleben in Nordamerika hätten ihn tief beeindruckt und seien eine wichtige Quelle für seine christlich geprägten Romane um den Häuptling *Winnetou* geworden, heißt es.

E. R. Baierlein (1888)
**Reden der Indianer**

Bleib noch, Wandrer, hör die Klagen
Eines unterdrückten Volkes.
Ernst und schlicht sind seine Worte
Und dein Herz wird sie empfinden.

Fühlen wirst du Schmerz und Abscheu
Gegen jene weißen Männer,
Die den roten Mann so drängten,
Ihn beraubten und erschlugen.

Weh, dass Habsucht, Erdenhunger,
So den schwachen Bruder dränget,
So den roten Mann vernichtet,
So mit Füßen tritt, was Recht ist!

Zum Beweis, dass viele Indianer geborene Redner sind, will ich einige Reden anführen, die es verdienen, gelesen zu werden.

Denn bald wird dieses Volk ausgelöscht und vergessen sein, wie man eines Toten vergisst. Ihre Reden aber lassen uns noch einen letzten Blick in das Herz des roten Mannes tun, einen Blick, der mein Herz nicht unbewegt lässt.

Zum Verständnis der Umstände, unter welchen diese Reden gehalten wurden, will ich Folgendes bemerken: In dem letzten Kriege um die amerikanische Unabhängigkeit forderte der englische Kommandant von Detroit die Häuptlinge der

Chippewa auf, für England gegen die Langmesser zu kämpfen. Wegen der auf ihren Gewehren aufgepflanzten Bajonette wurden die Amerikaner von den Indianern als *Kichimakoman*, das bedeutet Lange Messer, bezeichnet.

Aber auch die Amerikaner forderten ihrerseits viele Indianerstämme dazu auf, gegen die Engländer zu kämpfen, so dass sich am Ende die Indianer gegenseitig bekämpfen und selbst ausrotten mussten.

**Rede des Häuptlings Hokopon**

Ein edler »Wilder«, Häuptling Hokopon, verweigerte die weitere Teilnahme am Krieg. Er gab das Kriegsbeil zurück und richtete eine Rede an den englischen Kommandanten:

»Mein Vater! Du hast diese Kriegsaxt in meine Hand gegeben und gesagt: Gebrauche diese Axt an den Köpfen meiner Feinde, der Kichimakoman! Ziehe ihnen ihre Kopfhaut ab und wenn du mir ihre Skalpe bringst, so lass mich hören, ob die Axt scharf und gut war.

Mein Vater, ich hatte weder Ursache noch Neigung, mich mit einem Volke zu bekriegen, das mir zuvor nicht in den Weg gekommen war. Doch nahm ich die Axt an, weil Du mir sonst keine Waren mehr geben wolltest, und auch keine Waffen und Geräte, die ich zur Jagd und zum Leben brauche und sonst nirgends bekommen kann.

Du hältst mich vielleicht für einen Toren, dass ich bloß auf Dein Wort hin in einen Krieg zog, der mich gar nichts angeht und bei dem ich keine Aussicht habe, etwas zu gewinnen. Denn es ist einzig und allein deine Sache, gegen die Langmesser zu kämpfen. Ihr Weißen habt diesen Streit unter euch angefangen, und ihr solltet ihn auch selbst ausfechten. Ihr solltet daher nicht eure Kinder, die Indianer, zwingen, sich um euretwillen gegenseitig zu töten.

Mein Vater, euer Streit hat schon viele Leben gekostet. Ganze Stämme sind ausgelöscht worden. Kinder haben ihre Eltern verloren, Frauen ihre Männer, Brüder ihre Brüder. Und wer weiß, wie viele Menschenleben es noch kosten wird, ehe euer Kampf zu Ende ist.

Mein Vater, Du hältst mich vielleicht für einen Toren. Denke aber nicht, dass ich nicht voraussehe, dass Du, obwohl du jetzt in ewiger Feindschaft mit den Amerikanern zu sein scheinst, bald schon Frieden mit ihnen schließen wirst.

Merke, was ich jetzt sage. Während Du uns gegeneinander und auf deine Feinde hetzest, und während ich, die tödliche Waffe in der Hand, eben im Sprunge bin, mich auf deine Feinde zu stürzen – was möchte ich sehen, wenn ich mich plötzlich umblickte? Vielleicht sehe ich, dass du, mein Vater, hinter meinem Rücken den Amerikanern die Hand drückst.

Da müsste ich dann wohl auch sehen, dass Du gemeinsam mit den Langmessern über meine Torheit lachst, darüber, dass ich allein auf dein Wort hin mein Leben wagte!

Denn wer von uns kann denn glauben, dass Du ein Volk anderer Farbe mehr liebst, als eins von ebenso weißer Farbe wie das deinige?

Mein Vater, halte im Gedächtnis, was ich Dir sage. Hier ist die Streitaxt zurück, die Du mir gegeben hast. Ich habe sie sehr gut und sehr scharf gefunden. Der Skalp, der daran hängt, wird es Dir beweisen. Doch ich habe nicht alles getan, was Du von mir verlangtest. Ich konnte es nicht.

Mein Herz entfiel mir. Ich hatte Mitleid mit deinen Feinden. Die unschuldigen Frauen und Kinder hatten keinen Teil an eurem Streite. Darum habe ich einen Unterschied gemacht. Ich habe diese Menschen verschont. Ich habe ihr Fleisch lebendig gefangen und schicke es dir auf einem von deinen Kähnen. In einigen Tagen wirst Du die Gefangenen erhalten. Dann wirst Du sehen, dass ihre Haut von derselben Farbe ist wie Deine eigene. Verderbe nicht, was ich verschont habe; denn Du, mein weißer Vater, bist reich und hast die Macht, das Leben zu erhalten.«

**Rede des Häuptlings Logan**

Es blieb jedoch nicht dabei, die Indianer zu Hilfe zu rufen und als Soldaten zu missbrauchen, wenn es galt, die Politik der Habgier durchzuführen. Auch auf andere Weise wurden sie zum Kriege herausgefordert, wobei sie immer wieder große Teile ihres Landes verloren.

Logan, ein geachteter Häuptling und Freund der Europäer, hatte an den Auseinandersetzungen der Parteien nicht teilgenommen und sein Volk vom Kriege abzuhalten gewusst.

Eines Tages geschah es jedoch, dass Siedler, die sich am Ohiofluss niederlassen wollten, von Indianern bestohlen wurden. Die Amerikaner sannen auf Rache und führten sie so grausam aus, wie es die wildesten der Indianer nicht hätten schlimmer machen können. Sie sammelten sich in großer Menge und zogen unter einem Kapitän Cresap den Indianern nach.

Bald stießen sie auf eine Gruppe, feuerten wahllos auf sie ein und erschossen einige von ihnen. Auf dem Rückweg sahen sie einen alten Mann mit einigen Frauen und Kindern über den Fluss fahren. Sie feuerten erneut und töteten alle, dass sich das Wasser des Ohio rot färbte. Dabei handelte es sich um die unschuldige Familie des Häuptlings Logan.

Darauf griff nun der friedfertige Logan mit einigen anderen Häuptlingen zu den Waffen. Doch sie wurden besiegt und mussten um Frieden bitten. Logan aber erschien nicht unter den Bittenden. Stattdessen sandte er folgende Worte an den Gouverneur der Amerikaner:

»Ich fordere jeden Weißen auf zu sagen, ob er je in Logans Wigwam hungrig kam und ob Logan ihm nicht zu essen gab?

Während des langen blutigen Krieges blieb ich ruhig in meinem Wigwam, den ich bin ein Freund des Friedens. So groß war die Liebe zu meinen Menschenbrüdern, dass meine Leute tadelnd auf mich wiesen und schimpften: Logan ist ein Freund des weißen Mannes!

Aber Kapitän Cresap hat ohne alle Ursache und mit kaltem Blute alle meine Verwandten hingemordet, ohne auch nur die Weiber und Kinder zu verschonen. Kein Tropfen meines Blutes fließt noch in den Adern eines lebendigen Wesens. Dies hat mich zur Rache gerufen. Ich habe sie gesucht, habe viele getötet, habe meine Rache gekühlt.

Meines Landes und meiner Menschen wegen freue ich mich auf die Strahlen des Friedens. Aber meint nicht, dass ich mich aus Furcht freue. Logan kennt keine Furcht. Er wird niemals fliehen, um sein Leben zu retten.

Denn wer ist noch am Leben, der um Logan trauern könnte? Nicht einer!«

Diese kurze Rede wurde sogar von seinen Gegnern bewundert. Logan überlebte sie nicht lange. Auf dem Heimweg wurde er ermordet, ebenso ein anderer Häuptling mit seinem Sohn, die ihn verteidigen wollten.

**Rede des Häuptlings Mekadäwanimik**

Nach dem Frieden nahmen die Amerikaner den Indianern erneut immer mehr Land weg, um es an neue weiße Siedler zu verkaufen. Sie begründeten das mit ihrer Teilnahme am Krieg und den hohen Kosten, die der Krieg verursacht habe. Auch die Indianer, die auf ihrer Seite mitgekämpft hatten, wurden ihres Landes beraubt. Der Häuptling Mekadäwanimik, der schwarze Donner, aber hielt folgende Rede vor den amerikanischen Regierungsbeamten:

»Mein Vater, höre ruhig, was ich sagen will. Ich werde deutlich reden, ohne Zittern und Furcht. Ich habe dich nie beleidigt, und Unschuld kennt keine Furcht. Ich wende mich an euch alle, Rothäute wie Weißhäute: Wo ist der Mann, der als mein Ankläger aufzutreten wagt?

Mein Vater, ich verstehe die Dinge nicht recht. Aber es ist die Wahrheit, für die ich Himmel und Erde zu Zeugen anrufe, dass ich auf jede nur mögliche Weise von den Engländern genötigt worden bin, die Streitaxt gegen Dich zu erheben. Dennoch tat ich es kein einziges Mal. Denn ich konnte nicht glauben, dass Du mein Feind bist, obwohl Du unser Volk von seinen früheren Wohnstätten vertrieben hattest.

Ich rief meine Krieger; wir rauchten zusammen die Friedenspfeife und beschlossen, Freunde der Amerikaner zu sein. Ich sandte Dir eine Friedenspfeife; sie war ähnlich wie diese hier. Du hast sie entgegengenommen. Ich sagte Dir, dass Deine Freunde meine Freunde und Deine Feinde meine Feinde sein sollten.

Wenn dies das Betragen eines Feindes ist, so werde ich nie Dein Freund sein.

Als ich herkam, kam ich in Freundschaft. Ich habe keine Entschuldigung zu machen. Ich habe in diesem Rate nichts weiter zu sagen, als das, was ich vor meinem Großen Vater, dem Präsidenten der Vereinigten Staaten, bereits gesagt habe. Es war einfach dies:

Mein Land kann niemals abgetreten werden.

Ich will keine neuen Verträge mehr machen. Bisher wurde ich nur betrogen, mit jedem Vertrage wurde ich schändlich betrogen.

Wiederum rufe ich Himmel und Erde zu Zeugen, und rauche diese Pfeife zum Zeichen meines Ernstes. Bist Du aufrichtig, so sollst Du sie von mir erneut empfangen. Wenn sie Deine Lippen berührt, so möge der Rauch emporsteigen wie eine Wolke und mit sich fortführen allen Zwist, der zwischen uns entstanden ist.«

**Rede des Häuptlings Metea**

Der Häuptling Metea aber redete den US-Gouverneur von Michigan folgendermaßen an:

»Mein Vater, höre mit gutem Willen und glaube, was wir sagen. Du weißt, unser Land war einst sehr groß und weit; jetzt ist es zu einem kleinen Punkte zusammengeschrumpft, und den willst Du auch noch haben!

Das hat uns zu ernstem Nachdenken veranlasst. Du kennst Deine Kinder. So oft Du eine Gunst von uns erbeten hast, fandest du stets willige Ohren. Unsere einzige Antwort war jedes Mal: »Ja!«

Das weißt Du selbst.

Mein Vater, als Du uns zuerst um Land anspracht im Norden (von Michigan), da kamen wir überein, ein Stück davon zu verkaufen. Aber wir bemerkten gleich, dass wir mehr nicht hergeben könnten und wollten. Nun kommst Du und willst mehr. Du hast niemals genug! Wir haben schon große Flächen hergeben müssen. Du nimmst nach und nach alle unsere Jagdreviere ein.

Aber Du bist nie zufrieden.

Mein Vater, Deine weißen Kinder, die Siedler und Soldaten treiben uns nur so vor sich hin. Wir fangen an besorgt zu werden. Das Land, das wir abgetreten haben, magst Du behalten; aber mehr geben wir Dir nicht.

Unsere Väter sind alle in ihre Grabstätten hinabgestiegen. Sie hatten Verstand. Wir dagegen sind jung und töricht. Dennoch wünschen wir nichts zu tun, was sie nicht billigen würden. Wir fürchten, ihre Geister zu beleidigen, wenn wir dieses Land, das ihre Grabstätten enthält, an euch abtreten. Dies hat viele angstvolle Gedanken in uns erregt. Wir haben miteinander Rat gehalten und haben gefunden, dass wir uns von unserem Lande nicht trennen können. Es ist uns gegeben von dem großen Geiste, um darauf zu jagen und unseren Mais zu bauen; um darauf zu leben und zu sterben. Er würde es uns nimmer vergeben, wollten wir es verhandeln.

Mein Vater, Du denkst vielleicht, ich rede leidenschaftlich; aber ich rede nur wie eines Deiner eigenen Kinder. Ich lebe von der Jagd und vom Fischfang, und mein Land ist schon zu klein. Wie sollte ich meine Familie ernähren, wenn ich alles hergäbe?

Das ist es, was wir im Rate beschlossen haben, und was ich gesagt habe, das ist die Stimme meines Volkes. Wir denken nichts Übles von Dir; wir reden zu Dir mit gutem Herzen, und mit Gefühlen der Freundschaft.«

**Rede des Häuptlings Metoxon**

Verträge, die von Zeit zu Zeit mit den Indianern gemacht wurden, galten nur so lange, bis neue Einwandererwellen kamen und neues Land benötigt wurde. So wurden die Indianer immer weiter nach Westen gedrängt, und stießen dabei auf andere Stämme, die sich nun selbst bedrängt fühlten. Die US-Amerikaner brauchten oft gar nicht um neues Land zu kämpfen. Sie suchten lieber, die Indianer untereinander uneinig zu machen, einen Teil von ihnen durch Versprechen und Vorspiegelungen zu gewinnen. So wurden die verschiedenen Stämme gegeneinander ausgespielt und aufeinandergehetzt. Dies durchschaute der greise, zum Christen gewordene Häuptling Metoxon und hielt folgende Rede:

»Brüder, ich spreche jetzt zum letzten Mal zu meinen roten und weißen Brüdern. Ich bin ein alter Mann. Seit vielen Jahren stehe ich an der Spitze meines Volkes. Als ich mit meinen Familien aus dem Staate New York vertrieben wurde und hierher ziehen musste, sagte ich ihnen, sie sollten hier ihre Zelte aufschlagen, hier würden sie endlich Ruhe finden. Ich selbst hoffte, hier im Frieden zu meinen Vätern zu fahren.

Nun aber sehe ich: Es ist kein Friede. Alle Verhandlungen zeigen, dass es für mein Volk keinen Frieden gibt. Und ich muss trostlos in das Grab hinabsteigen.

Ich wünsche noch ein Wort zu den Winnebagos und Menomenis zu sprechen. Brüder, ehemals lebten wir alle in Frieden miteinander. Wir kamen vom Aufgang der Sonne her und baten euch, uns eine neue Heimat zu geben. Wir sagten, wir hätten keine Heimat mehr bei den Grabstätten unserer Väter; denn der weiße Mann hatte uns vertrieben.

Da nahmt ihr uns bei der Hand und sagtet: Wir freuen uns, euch zu sehen. Hier ist unser Land: Kommt und wohnt unter uns.

Danach schlossen wir einen Bund miteinander und rauchten unsere Pfeifen. Wir sprachen: Der weiße Mann soll nicht bis hierher kommen. Auch unser Großer Vater (der Präsident in Washington) war zufrieden und versprach: Meine weißen Kinder werden euch in Ruhe lassen. So lebten wir eine gute

Zeitlang in Frieden miteinander. Doch dann kam der weiße Mann doch und begann sich erneut von unserem Lande zu nehmen.

Brüder, es ist nicht gut, dass der weiße Mann zwischen uns getreten ist und uns in Feindschaft auseinanderhält.

Brüder, er hat euch böse Dinge über uns gesagt. Er hat euch Dinge glauben gemacht, die nicht wahr sind. Er will euer Land, nicht wir!

Brüder, kommt zu uns zurück! Wir wollen ein Volk sein! Wir wollen uns vereinigen und gemeinsam noch einmal zu unserem Großen Weißen Vater nach Washington reiten. Wir wollen ihn an sein Wort erinnern und ihn bitten, dass er den weißen Mann wieder von uns nehme.

Jetzt aber spreche ich zu unseren weißen Brüdern.

Es tut mir leid, dass es nicht in eurer Macht steht, uns Gerechtigkeit widerfahren zu lassen. Schon wieder bietet ihr uns neue Verträge an. Aber macht doch erst einmal die alten Verträge zur Wahrheit! Wie sollen wir neuen Verträgen trauen? Wir wünschen nicht, noch einmal betrogen zu werden.

Gott ist Zeuge unserer alten Verträge. Gott ist Zeuge, wie sie gehalten wurden und Gott wird einem jeglichen vergelten nach seinen Werken!

Brüder, ich habe geredet. *Nindikit.*«

**Missionsgedanken (1888)**

*Ich bin nur Gast auf Erden,*
*Und hab hier keinen Stand*
E. R. Baierlein

»Wir Missionare müssen nicht die Schwarzen, die Roten und die Gelben weiß tünchen, sondern ihre Seelen gewinnen und darum ebenso die weißen Heiden unter uns bekehren und an Gottes Gebote gemahnen.

Man kann andere Völker nicht dadurch zivilisieren oder ihnen zur Arbeit Lust machen, dass man neue Bedürfnisse in ihnen erweckt nach bunten Kleidern, Glasperlen und Branntwein. Vergeblich taten das die Missionare des Handels, die Priester der Geldgier und der Selbstsucht aller Art. Doch die zerstören und verderben nur. Unter ihrem Banne schwinden ganze Völker dahin wie der Schnee in der Märzsonne.

Die Eitelkeit der Ehre, des Fortkommens, des Reichtums ist dem Indianer fremd. Er sieht sich als ein Wesen der Natur, im Kampf um die Nahrungssuche mit Hirschen, Büffeln und Bären gleichgestellt, er lebt frei in den Wäldern. Weder Knecht noch Herr will er sein, und nur arbeiten, um zu leben.

Es ist nicht Aufgabe der Mission, die Naturvölker zu zivilisieren, sie zu Europäern oder zu Arbeitern zu machen.

Wir wollen mit dem Evangelium Licht in die Seelen der Menschen bringen und predigen ein Leben nach Gottes Geboten. Wenn wir vorleben, was wir glauben, sind wir nicht die Vorhut und auch nicht die Nachhut der Eroberer und der Habgierigen.«